逆光

我的家庭劇碼，成就我的人生藍圖

王琄——著

推薦文

英雄之旅，就在家裡

丘美珍／專欄作家

閱讀這本書是意外的經驗。第一次意識到，原來，一個平凡家庭的故事竟然如此動人，因為作者王琄寫進了自己的洞察，也寫盡了人在親情中，那幾不可察的幸福。

我很喜歡王琄把「英雄之旅」帶入家庭的歷程中。所謂的英雄之旅，不是英雄的專利，而是凡人的軌跡。在家、離家、回家，經過時間的打磨，凡人以肉身活出了無名英雄的樣貌，只是，在大部份的時刻，這樣的故事無人訴說。

作為示範，作者好好的寫出了家裡的故事，讓我們照見自己家裡的無名英雄。這些故事，包括父母、手足、自己。故事中有父母的老病死、手足間曾有的衝突，以及後來的扶持。她自己曾有少年離家的理由，後來也有中年回家的頓悟，這一切並不是出自劇本的框架，而是人生中自然的選擇。

在劇場中成長修練的王琄說：「日常的人生，不是在劇場，而是在市場。」在中年之後，在這樣的日常中，我們跟她一樣，慢慢捨棄了那看起來更繽紛的大千世界，邁步往回走，回到自己生命的基地。這一路，雖然掛心家人朋友，卻知道自己可以放心的，跟他們一起變老。

推薦文

老派的年輕

瞿友寧／導演

從未期待過自己從《逆光》中會看到怎樣的文字？

因為王琄在戲劇與表演方面的師級能量，我以為我會看到一本闡述表演心法的書。然而信手閱讀，才發現完全不是，我彷彿看到了一個自許老派生活的女子，剖開自己全身，像是一刀從頭頂到足底的劃開，赤裸的合法讓你進入了她內心的世界，安適且偷偷的住著，聽她細數每個生命中的幽微、熱情年輕、溫柔且動人……像是散文，更像是本人生小說。

從最不願面對的死亡篇章開始，讓我們跟隨她的腳步，相信了如何泰然自若的面對生命每個細節，小到一個高空彈跳，我們也似跟隨她站在萬丈雲端，嬌羞踟躕。或許是說故事的人，每個生命篇章都像是侯孝賢或是枝裕和導演的電影般動人，並在閱讀中同步搬演著……如果生命中需要書籤，與俗世隔開些什麼，我像是從書中文字找到了那塊喘息的空間。

推薦文

光是逆境的藥引子

瞿欣怡／作家

能夠說出「我喜歡現在的自己」，多麼美好。要走過多少逆境，經歷傷痛離合，不斷跟自己打架、和好，才能喜歡自己？王琄的《逆光》，寫下喜歡上自己的歷程。

生命的苦像一把小刀，細碎的雕刻我們。但生命不會只有刀痕，也會有陽光、微風，與微笑。王琄真誠寫下生命中的刀痕與微笑，讓人在她的文字裡，得到安慰。原來聰明有智慧的金鐘影后，也曾有那麼多挫折；原來人人都會跟自己過不去，把自己扔在角落。

不管走得多遠，那個在放學後，隨意找條小路亂走，在午後斜陽下探險的小女孩，一直陪著王琄，走到不惑之年。時光不只帶我們走向未來，也走回過去，讓我們變得柔軟。全書的結尾是彩蛋，人生哪，難免有逆境，可是盡頭有光喔。她說：「光，是逆境的藥引子。」

目次

PART 1

專屬我的宇宙蒼穹

PART 2

英雄旅程

PART 3

剛剛好的後青春

PART 4

逆境的藥引

自序

我那羞羞的光

為什麼要記錄如此生活的碎片？

我喜歡的戲劇類型是「三一律」的生活日常，並從其中窺見自己為何會在這裡？自己在做什麼？自己與他人的關係？這些小小的家庭劇碼，卻是我人生藍圖的基礎，包含對愛的理解、修羅場中生出的智慧、灰燼與道路、分歧路上情緒的選擇等等，原來都有線索。

為何選擇與姪子們的一期一餐會之約？其實只是想傳達家族故事。他們出生時，爺爺奶奶均已離世，他們自然不關心、不了解，不是他們選擇冷漠，而是長輩如我們，選擇不放過分享美好的生命智慧。

開枝散葉不單單是人數的增加，更是生命故事的傳遞、愛的漣漪擴張。

每個人都可以為自己家族用各種可能的方式在地球上留下一些足跡、印痕。如《可可夜總會》動畫中曾提及，真正的死亡是不被記得。

我用文字記得自己的來處、相遇的家人與修羅場取得的禮物，羞羞的揭露屬於自己的人生篇章，展示了他們在我生命中的重量，拖著我勇往直前，少受災苦，避開困境。

我被這些好玩的人、有趣的事陪伴著、生活著，而這些人物也可以藉由「逆光」，穿越時空限制，來到你們的視野，陪伴你們，讓你們在生活中知道有伴，知道自己有選擇，知道人生可以玩得開心，從「玩」中得到「白由」！

PART 1

專屬我的宇宙蒼穹

那時，心頭暖暖的，眼眶溼潤了，
眼珠表面布滿了一層水，
額頭汗滴一顆顆往下滑落前，
像是立體的凸透鏡，映射著我專屬的宇宙蒼穹。

子宮室友

出處與歸屬

每個人一生中都會參加許多親人的葬禮，也有一次都沒參加過的。我家就有一位——我哥，國小二年級腎臟炎離世，那是父母親參與了的親人的葬禮。三十九歲尚未白髮的他們，好不容易在三十歲得一子，竟然只陪伴了彼此九年就永別了。

父親應該很傷心吧！母親呢？因為家中還有三個女兒必須照顧她們讀書、上學及日常三餐，忙碌轉移著思念及悲傷。只有夜深人靜、娃兒入睡後，母親、父親各自揭開那憂傷的黑洞鑽了進去，一夜無語的繾綣而眠！

其實，我並不知道在哥哥去世後父母的身心狀態，因為，一年後我才出生。許多事情我都是觀察來的，「死亡」似乎是家中禁忌的話題，似乎不談、不憶起它，人生可以永遠不用面對恐懼黑洞。

葬禮發生在死亡之後，這段等待時間是整理心緒與收拾情感碎片的道別，放進記憶匣中深藏，隨著流動在空中的塵埃，一層層覆蓋上。這是內在的葬禮，而時間的流沙太過輕薄，唯有淚水才能將其凝住、硬化，不再輕易揚起。

我也經歷了父母親的死亡與葬禮。

父親給了孩子們時間，陪伴我們走過他的死之幽谷；而母親則是太突然的在家離世，驚嚇得全家手忙腳亂。

母親生病已經有一段時間，在世時與大姊的感情最好，如同閨密，任何事都與大姊商量，但我哥過世時，大姊才十一歲，母親三十九歲，她們怎麼互相照顧彼此的情緒？還是大姊在那段時間替代母親照顧六歲的二姊及三歲的三姊（我尚未出生），企圖為母親分憂解勞？難道是因為看見、因為心疼嗎？

所以大姊成年後，本不想進入婚姻，想成為那個看見、心疼母親且主動請纓承擔家中重擔的典型人物，卻被母親推開，說道：「家是無底洞，你填不滿的。」

母親這一把將大姊推入人生另一個生命軌道——結婚生子，最後進入當奶奶的世界。大姊也在弟弟年紀尚小未婚時，提前讓母親感受到含飴弄孫的快樂。

母親當初的心意是要大姊走自己人生的藍圖，體驗為人母、人妻、祖母的角色，不要受困在原生家庭，要走出去，勇敢的成為自己。因這份善意或愛意，母親暮年之際，因病在榮總治療，大姊為了免除母親舟車往返的勞累，便安排母親住在她家。

大姊夫人品善良，兩位小孩也甜蜜可愛，每日晨昏定省的讓婆婆自在快樂，大姊也可以好好調理食物，豐養母親的瘦弱身軀。或許大姊覺得自己二十八歲太早出嫁離家，陪伴母親的時間太短，於是她把握住可以獨占母親的時刻，將母親牢牢擁在懷裡，深怕她被疼痛帶走。

母女的親緣有深有淺，大姊把握住那個遺憾的背後透出了光，而順著光，彼此都被溫柔的托在愛中。

但，死亡來得太突然。

都以為母親在大姊滋潤了她的脾胃、豐腴了身軀、滿溢了心魂之後會長命百歲、身強體健，繼續陪伴我們，但，世界不是這麼運行的。

在母親回家前最後一個療程中，她得知弟媳有了身孕，老人家說，她沒有遺憾了。這句話聽得大姊冒出一身冷汗，總覺得是很危險的訊號。其實大姊當時並未特別記住這片段，而是在母親去世那天，匆匆從教書的學校趕回家的路程中，許多與母親相處的畫面和語言一一浮現。

我們五個兒女跪在母親床前。四個女兒分別為母親擦抹身體，換上她喜歡的那套紅色衣服，我則拿出在藝術學院（現在的臺北藝術大學）化妝課學習的一點技術，給母親畫了個淡妝：淡掃娥眉，輕薄粉底，正紅的唇色，特別美麗，撲一點胭紅，讓氣色像個少女。老弟是男子，跪在最後面，低頭垂淚，等待我們服侍完母親的妝容，才上前來抱著母親，與她正式告別。

而父親呢？

一個人孤零零坐在客廳，低聲呢喃著母親的小名：「梅——你走了，我一個怎麼辦？」他反覆說著，一個大男人像個失怙的孩子，不知所措的呆坐著。此時的父親是第二次成立自己的家庭卻失去親人，直面死亡。

老弟突然長大似的，壓抑著失去母親的痛，操辦著葬禮的所有細節。他像個指揮官，安排著棚子怎麼搭建、座位怎麼擺放、儀容瞻仰的動線、墓地的找尋、罐頭塔、花圈、輓聯匾額、儀式如何進行等等，最後安排車子去火葬場。根據習俗，父親是喪妻之男人稱杖期夫，是不能去送的，於是弟弟懇請鄰居們陪父親說說話。

火化當下，我們這些為人子女者依照現場人員交代的大喊著：「火來了，媽媽你快跑！」一再重複、重複……。心中有種像場戲的感受，很荒謬又很真實，這是對我這款戲劇人的解離嗎？

想著母親的肉身在高壓電爐中怎麼跑？跑去哪？如果母親靈魂有知，早就飄在雲端看著我們口中唸唸叨叨的說些胡話，甚是有趣？抑或這樣大聲喊，是一種為活著的人減輕傷痛、抒展情緒的儀式？就像撞到的瞬間，叫出來可以減輕疼痛感那樣。

老弟叫得很大聲，聲聲聽著是「痛」。這是不到三十歲的老弟，第一次面對至親死亡與葬禮。

火化完成，必須由親人撿拾骨骸放入罈中。老弟是家中唯一的兒子，擔起了這個重責大任，有點殘酷卻又不得不執行。

老弟說，母親的骨骸好細好白，還有幾顆小石頭，他一併放入罈中。母親是天主教徒，我們從小參與了許多彌撒與耶誕節活動，於是將母親安放在聖方濟的墓園中。

身為軍人的老弟，他會害怕嗎？看著認不出是母親模樣的骨骸，會不會太早看透人生終究是黃土一抔、骨骸一副？抑或是更加愛家愛孩子？

一場葬禮，給人好多成年禮物呀！

九二一大地震時，老弟還在部隊，身為長官的他必須帶一群戰士上土石掩埋處，設法將一具具被地震壓得不成型的軀體抬出來，心中保持著對亡者的敬意，小心翼翼的放置好，等待後勤人員修整受傷斷裂撕毀的軀體。空氣中不時會飄出味道，令人作嘔，還有許多官兵在救援行動後，出現壓力創傷症候群反應，惡夢連連，久久無法吃肉。這段記憶是老弟在數年後的家族聚餐中不經意提起的。那時的我眼睛突然溼潤了起來，看著眼前這位男性不是弟弟，而是個有故事的人。

有故事的人是不輕易表達自己的，不知道是覺得經歷的故事輕如鴻毛、不值一提，還是認清了「人」並沒有那麼重要？

父親曾參與過盧溝橋戰役，而他也很少提及那段故事，不知是因為不說不談就不存在，還是切斷了那些創傷才能繼續向前？但，人生呀！發生過的事就是有印痕，清醒時不允許它浮沉，它就伺機等待最脆弱的時刻出現。

終於，父親開始失智了，這些血腥、創傷的遺憾人生，就像有臺放映機，總在父親昏睡時放著影像，一遍又一遍，而父親則尖叫醒來，說著自己在盧溝橋底從死人堆爬出來，滿身屍味，沾滿鮮血，努力保持清醒尋找回家的方向。

那時父親不到二十歲，青春的他本該是肆意成長的叛逆少年，卻用在了不明白世界發生巨大變動的戰場上。

他平安摸回老家後，爺爺立刻想辦法為父親找門親事，因為父親是獨子，有著延續香火的擔子。而母親則是在眾多相親八字中，唯一三個月家中平安無事的那張命盤。父親命帶無刑，會剋妻，妻子必須命夠硬才鎮得住。以上隻字片語都是父親與母親在世時，聊起他們青春時光的故事聽來的。必然有故事的人，都不愛說自己的故事。

偶爾，母親也會提及她坐著大鐵船渡過黑水溝的故事。船上沒有足夠糧食讓一群眷屬撐到上岸，白水煮麵成了絕對的主食。大人們可以挨餓，孩子們呢？更慘烈的是船上的孕婦，在營養不良的狀況下生下死胎，沒能坐月子，沒時間悲傷，猝不及防就要迎來親人的第一個死亡及葬禮。所謂的葬禮，就是將嬰兒包裹著丟進臺灣海峽。一群陌生人為這位來不及看見太陽的孩子送行，淚水化為一瓣蓮花，輕輕托起那純白的靈魂。

這世不能成為你的母親，願你等待一下，等下船生活安定後，你再成為我的孩子，讓我好好愛你。

或許，母親在哥哥離世時，也曾經這麼安慰著彼此吧！

哥哥離世的隔年，我就來報到了。這年，母親四十歲。

母親懷我時，父親夢見哥哥小小的背影在自己做蛋炒飯並放著醬油，父親立馬阻止，因哥哥腎臟有問題不能吃太鹹。父親抱住倒在懷中的哥哥，此時夢醒了。父親對母親說，這一胎是女生，因為滿頭頭髮。

這是他們告訴我的故事。我心裡明白，這也是父母親在安慰自己，哥哥不曾離去。至於我是不是真正我哥的投胎轉世？我不知道，也不在乎（小聲的）。但我知道，我們曾經住過同一個空間——母親的子宮。

兄弟姊妹都來自同一個空間，無論多新或多少年或經歷了幾位房客，我們都因為這個空間建立起關係，讓我們在面對父母最後一段路時有人可以商量，無言卻能陪伴彼此，可以笑談童年糗事，啜泣傷心新的身份——成年孤兒。

而今往後，世上記得彼此每一個笑臉、每一次不安與挫折，都像雲端資料庫般為彼此儲存著。當需要思念、需要重新憶起、身處世上被突如其來的孤寂星球撞擊時，才不會孤單。

兄弟姊妹情，是父母親留給自己最美好的資產；那些雲端有情人們，都在托住自己的許多驚慌失措。

年輕時，不懂也不在乎，目光都在天下，都是外務，青春都是用來破壞與創造的，唯有外在世界能讓人有存在感，一切對應都是充實卻空虛的。充實的出門工作，全然的給予才華，而回家時如同被掏空了靈魂的軀殼，總覺得哪兒少了一塊魂魄；覺得自己弱爆了，怎麼這麼戀家？得等到放大假時回家與家人相聚，才得以完整心魂。有必要嗎？

這種狀況持續了許久許久，後來才明白，原來自己有一塊魂魄是留在母親子宮中，必須與兄弟姊妹相聚於原生家庭，自己才得以完整；回到原廠中，每一個零件才記得自己真正是誰，才得以放鬆，才能放肆做妹妹，才能什麼都不做也沒有罪惡感的被照顧著。

年紀愈長，愈少相聚時光，所有的靠近都必須自己爭取。家人之間的怕打擾、怕麻煩，是否都是藉口？還是心中小劇場宇宙在作祟？以前逃離的有多遠，靠近的渴望就多劇烈。

我決定為自己爭取一次與姊姊們和姊夫一起出遊的「東澳泡冷泉之旅」。這個舉動是在我青春期拒絕家庭共同出遊活動之後，首次特殊的轉化與跨越。

母親在世時就給了我一個外號叫「孤佬鬼」，就是特別拒絕一群人聚在一起聊天說地的打發時光，總是在能閃則閃、能躲則躲的狀態下長大，也因此錯過許多「手足室友」的生命細節。我是直到在家庭群組中看見姊姊們一起用敬老卡出遊的照片，才驚覺自己多麼荒唐的自以為清高呀！日常的人生不是在劇場、影像中，而是在市場、公車的背影裡呀！

於是我們相約在某個火車站見面，會合後坐著姊夫買給姊姊的愛車，一路往東澳冷泉出發。

原來這麼靠近的親姊妹，卻是如此陌生的子宮室友？

姊姊的愛車是她會開車後的第二輛，之前那輛開了快二十年，而且是在姊夫當大副時，姊姊南北奔波在高雄、臺中、桃園、基隆，甚至開去姊夫的原產地——臺東，擔負起超級駕駛員的艱鉅任務。她放假時也會駛著它帶小孩們去露營、泡湯。姊姊將第一輛車的價值發揮到最大，而且外觀看起來仍然乾淨有力；就如同姊姊本人一樣，縱使六十多歲，仍然爬山、跳舞、四處健走。

不主動靠近，就不會看見有一種銀髮後的生命力，是延續著年輕時的心態——勇敢的玩兒。

姊姊的生命力養成，來自於她很早就聽從自己的心聲，離開父母的羽翼成立家庭，提早體驗了「為自己的人生選擇負責」這個選項。也正是因為姊姊的勇敢玩兒，此時的她有著一種美，是不怕年老、不懼色衰的狀態，散發著獨立又成熟的自由感。

我心嚮往之，我身學習之。原來我們不只是子宮室友，她更是我人生的導師——親愛的姊姊。

猜想

冰的時間

母親過世後十四年，家中迎來了第二場葬禮。而在母親離世的這些日子中，平常卻也不平淡的在時光中漫步著。

我們原本住的眷村因太老舊陳年，在數十載的爭取原住戶權益及能承擔的價格後，終於拍板落定改建日期。此時正值母親過世不到三個月，我們必須整理行囊，搬遷至老弟購屋附近，方便就近照顧。

或許是父親對於人生大遷徙有著一種木然，他選擇自己獨居不打擾兒子；也可能是在獨自生活中可以與母親在空中對話，彷彿他的梅（我母親的名）依然存在著，可以了解他人生寂寥之苦楚吧！

老弟是不安心的。雖然父親一個人居住在不遠的租屋處，七十五歲的父親也還身強體健，可以照顧自己，卻拒絕老弟為他安排的外籍看護，二十歲的印尼小妹妹。

對父親而言，那樣就是孤男寡女共處一室，老派如他，整日將房門鎖上，更排斥她在自己散步時跟上跟下的。父親一點都不喜歡身邊有個可以當孫女的照護者，尤其是早晨散步運動的老友們總調侃說：「老王醫官運真好，有小美眉陪散步喔！」氣得父親回家就打電話給老弟，請他撤掉這位小朋友。

一次、兩次、三次的意願表達，老弟終於對父親的要求妥協了。父親又恢復一個人獨居的生活，而老弟也繼續扛回「孝順」的重擔，原本想請外傭分攤照顧時光的美好願望也煙消雲散。

父親是固執的，老派的那種，近乎潔癖。

母親過世時，村子許多鄰居都來致意上香，郵局局長也是其中一位。父親在一個星期後，獨自一人到郵局處理母親為他存下的養老金，可能是落寞的背影惹人關注吧，引來局長的探問：「老王醫官，你一個人現在怎麼生活？要不要續弦，找個人照顧你？我太太的表妹剛從大陸過來……」

父親說時遲那時快的回他：「我太太的墳還沒乾，你這個人是怎麼說話的？」一憤而轉身離開。父親肯定不識莊子，不是他的粉絲，無法像他那樣鼓盆而歌。後來每每父親提及郵局局長時，總覺得當時名節被他羞辱了。

當然，以父親的帥氣英姿及耿直誠實，必定會引來異性的目光，即使已經七十五、六歲。單身寡居的日子，父親依然保持良好的早起運動習慣，並且會與一起到學校操場運動的「老」朋友們聊天話家常。回家聚會時，父親也會聊聊這群「老」朋友，有男有女。

直到有一次，父親提及一位馮媽媽特別照顧他，兩人也很有話聊。不知道他是不是想試探我們的態度？抑或是希望知道孩子們的心情？

我與姊姊、弟弟討論過，如果父親覺得馮媽媽合適，我們會全力支持他。也曾幾次與父親聊天說地，談及此事，但漸漸的父親就不再多回應這個話題，甚至告訴大家，他暫時不會去運動了。即使不明白，但又必須尊重父親的沉默。

直到房子改建完成後，父親搬回以前的住所，才在一次陪父親吃飯時提及不去運動場是為了什麼。父親邊吃邊說，如果自己真的跟「她」好上了，必須給「她」一個名份，「她」還有個兒子，這樣房子是不是也要給他一份？退休俸是不是也要拿出來照顧她們母子？這樣我們怎麼辦？

原來父親對我們的愛是如此深刻又龐大呀！他「選擇」了我們，我們責無旁貸的成為他老年的照顧者。

這讓我也深切反省自己，當時竟會覺得有個阿姨喜歡父親，又可以照顧他，讓我們省心省力有多好！但是這種偷懶會隔開親情。

父親是明白人，大愛無言呀！

之後，父親在孤寂中逐漸失智，卻也是子女們最常擁抱他的時刻。失智的父親像個小孩，特別柔軟容易靠近。這時我們請來第二位外籍看護——阿絲米。她在印尼有孩子和先生，為了家人漂洋過海來異地工作，很願意學習，也很照顧父親；她年紀輕，總稱呼父親為阿公，我們則將她視為家中另一位妹妹。

照顧父親的主力者有三位：兩位姊姊及阿絲米（那時尚未有長照或喘息服務），真感謝家中有這麼多手足可以分擔照顧的重量。

平日是由兩位姊姊與阿絲米看顧，而我與另一位住臺北的姊姊和需要上班的弟弟，則是在假日陪父親吃飯兼綵衣娛親，還有聽著平日辛苦的兩位姊姊對父親海量的抱怨。就讓垃圾桶功能強大的我們，得以消化她們平日的辛勞。

二姊與父親相處的時光，從來沒有如此密集及漫長。她早早離家只為成立一個屬於自己的家。她在心理上一直覺得父親不愛她，沒料到父親失智的時光，竟彌補了他們父女倆不足的相處額度。姊姊也理解到，父親對她是愛之深、責之切呀！

父女們飯後一起散步，成了改建後村子裡的一道風景。一路上總會聽到：「王伯伯真好命，兩個女兒陪著散步呀！」父親也似明白非明白的點頭微笑。阿絲米則像小跟班拿著水壺、毛巾跟在後面，父親則像一位出巡的大老爺。

二姊小時候必須喝蛇湯才能清理身上的熱毒，父親會帶她到萬華華西街蛇攤喝蛇湯兼看殺蛇。一條條被褪去皮衣的肉蛇掛在攤上展示，怎麼讓顧客安心下嚥？根本是恐怖驚悚片吧！而商家如此作為，只是想表達那是「新鮮貨」而已。

失智的父親在清醒前，原本是不太會與人聊天的口拙老派男人，反倒是失智後，社會為他結的界線模糊了，他會說出許多與姊姊小時候的記憶，像是去華西街看殺蛇、喝湯；姊姊讀書時為了愛人，帶兩個便當，如果只有一個便當，就自己不吃，給愛人吃；曾經半夜沒回家，父母心急如焚的到大圳溝附近找她，深怕她為情所困、想不開。

這些往事似乎藏在父親的記憶匣深處，本想帶進棺材中（父親說的），怎知失智的到來，反而不藏不掖著了。父親的愛流動著，柔軟又潔淨。這讓阿絲米很羨慕。她離家數萬里，怎麼能不思念親人？

改建後的集合大社區，原住戶搬回來的比例雖高卻都老了，有的坐輪椅，有的扶助行器，也有的如父親般不喜歡被人跟著、黏著、照顧著，但直到失智，這部份的自尊都放下了。

一群外籍看護陪同一群老人家曬太陽，畫面甚是壯觀。當然，這也是阿絲米可以暫解鄉愁之苦、說著她的母語的美好時光，享受在夕陽餘暉中的歡聲笑語。外籍看護們也會對雇主家老爺爺、老太太品頭論足一番：哪家阿公好看？哪家阿公帥？哪家阿公有老人斑？又是哪家阿公臉粉嫩？如同排選好貨色一般的挑三揀四討論著。

晚餐時間到了，各自領著自家老人轉回屋內。阿絲米也平安的將老父親帶回來。她一邊做飯，一邊說著剛剛諸神黃昏發生的故事：阿公是裡面又高又帥臉粉嫩沒有老人斑的第一名。

聽著這些排名，引發姊姊們的好奇心，便喚醒回房小憩的父親起床準備吃晚餐，不經意的摸摸父親那張已經沒太多膠原蛋白的臉，驚呼道：「真的唉！爸爸臉上真的沒有老人斑唉！」兩位姊姊靠近父親，像對待孩子般又看、又摸、又親的搓揉著那張曾經不苟言笑的臉。她們與父親的關係轉換成母子般互動，真順暢。

人生就是一場悖論驗證遊戲吧！當好事發生的同時，另一面的事情也正蓄勢待發。父女關係和好是人生多美好的大事，而原來另一面的大事是：父親吸入性休克送急診。從死之谷底救了回來後，更是直擊了每個人內在最深層的恐懼真相——死亡。

在迎來生命中第二場親人葬禮之前，我依然迴避父親已經衰老到無法肉身自由，必須依靠某些儀器或施打抗生素阻止反覆發炎症狀，並假裝父親會好起來，像以前一般與我們一起吃飯、散步的日常。我也暗示自己要相信父親可以渡過這次的黑水溝，如同他曾經坐著鐵殼船移居此處安家落戶！

人的視野因恐懼而蒙蔽看見真相或事實的機會。我們全家在因之前突如其來的葬禮嚇到後，各自選擇了面對「死亡」的態度。

父親從休克昏迷的死之幽谷中走回不能自主的肉身後，沒有再說過一句話，全家也因父親似乎恢復了正常而放鬆警戒。怎知「死神」一直都站在父親的病床旁，而父親手上捧著一份來自生命的禮物——死亡與自由，一直等待著某個明白瞬間餽贈給這一世的孩子們。然而恐懼是道厚重高大的牆，隔在彼此觸摸得到的軀殼之間，那麼近卻又遙不可及的遠。

醫生在父親從加護病房轉入普通病房後的兩週，建議我們可以討論父親的最後一段路，看是否考慮「安寧療護」之家，就不用再承受因發炎而抽痰的身體之苦。據醫生的專業評估，父親能夠撐到現在已經非常勇敢了，他老人家的器官衰敗速度很快，而且某顆腫瘤正在長大。

姊姊與弟弟兩人結伴去參觀後，都頭痛欲裂的不願意送父親到安寧病房善終。姊姊哭著說：「送去之後，我就再也摸不到他了；帶他回家，我可以每天照顧父親。」

愛別離，苦呀！如果父女沒有和解，就不用深刻體驗這種能量剝離的揪心；如果沒有和解，也不用理解對方是否曾經對自己有過善意而心軟，更不用再次無條件的愛上父親。不和解就沒有不捨揪心之痛，最多是告訴自己：只是人生遺憾事又多一件，而……

但和解發生了，恐懼的高牆無法阻止我們得到父親精心準備的死亡禮物——自由。

我們一一與父親單獨在帷幕中告別，這是醫護人員的貼心與保護。姊姊們從帷幕中出來時，臉上有種平安寧靜，而非恐懼撕扯。

弟弟似乎有太多話想說，在第一次告別後又再次單獨與父親說說話。好一陣子後，弟弟才緩緩走出來，臉上帶著釋懷的微笑說道：「原本以為爸爸陪伴自己的時光很少，心中對爸爸是有怨懟的，剛剛出現了好多被遺忘的畫面：爸爸夜半到撞球場找那時正在國中少年的我；在大漢溪各類大小石頭上與國小的我一起跳躍著；抽了四十年的菸可以為了我說戒就戒，再也沒有拿起一根……」說著說著，弟弟流下了男兒淚。

而我的告別特別長。

排開了所有的工作，父親專心陪伴我，讓我走過因母親突然離世造成對死亡的恐懼陰影。但恐懼的後遺症則是我迴避父親年邁的事實，推拒父親述說將如何處理自己的身後事，每次父親提及他已經寫了又改的遺囑，我就憤而起身回房間不聽。那種不耐煩的態度，深深包裹著一顆害怕會失去父親、惴惴不安的心呀！

而今，事實已在眼前，時間被壓縮成一塊冰，深怕冰會融化、不見，我則每天早去夜歸的捂著冰，愈捂就融得愈快。每一捂，都是一次向父親告解，說著感謝能成為他的小女兒，備受寵愛；謝謝他與母親尊重我堅持的工作，即使擔心受怕仍然放手。

每告別一次，冰就消解一環。父親的眼神有時聽著，有時神遊，我用自己學習過一點對《西藏度亡經》的認識，耳提面命父親要跟著菩薩、跟著光，一心不亂的貼緊。我反覆著這些話，其實是在為自己唸著安頓心魂的咒語，而父親本有著生命智慧，安靜的陪伴著那個驚恐不安的我。

時間的冰也被我捂著只剩一點點時，終於還是迎來護理長的一句話：

「差不多了，可以請家人們一起來道別了。」

時間是晚上九點多，距離我平時坐的最後一班公車還有一段時間。我一個一個給家人打電話，他們第一反應都是：明天大概什麼時間會過去。我懂，因為我也是如此的希望。

「爸爸差不多了，你們馬上來。」我說道。

告別式很順利，也展現了家人們的團結。大家分工合作的找場地、擬寫對父親的愛的稿子、製作家庭生活逢年過節、兒孫輩綵衣娛親發紅包的溫馨影片，現場氣氛又哭又笑，中間還出現電腦卡殼當機的尷尬停頓。真的很父親呀！他的幽默總是那麼出其不意，讓我們知道他一直都在，高級。

這十四年後的第二場葬禮，不只是年齡上的馬齒增長，更多的是對時間冰塊的理解。

年輕時，覺得自己活在南極，擁有一望無際的冰封世界，任意浪費也無感覺，也無須有感。直到眼睛可見到邊界時，才意識到，有限是必須的存在；也明白看見拿著鐮刀、穿著斗篷的傢伙，是人生之警醒。不能害怕祂，祂會一路上吸溼，將時間流淌的冰水回收，集合成為禮物傳給有心人。

許多神話、民間故事，都與時間之河有關，像是冥河、黃泉河、忘川河。這些河水從哪來的？可能是南極冰封世界未曾被意識到而流淌的冰水吧！我如此猜想。

蒼穹

眼球、水珠與彈珠

「行到水窮處，坐看雲起時。」這首王維的詩，讀書時不明白，無法感悟其深意及畫面，此時卻讓我聯結到某個深刻記憶，來自某年端午節放假的全家團聚日。

端午節的正午時分（十一點到下午一點）是曬到太陽最正、最純陽能量的時刻，習俗上稱這時間取得的水為「午時水」，可以洗除身上的髒汙穢氣，也可以飲入體內，補充陽氣、排除溼氣（要記得煮開）。自從村子改成社區大廈、沒有小院子後，曬午時水的習慣就消失了。

小時候，母親會在這一天擺上

好幾個盆、缸等容器於小院，並交代我將它們洗淨、倒扣、瀝乾。那時的我不明就裡的拿出澡盆、水桶大鍋、湯碗，一一洗淨，享受著早晨水管中流出尚未被水塔曬熱的水，冰涼涼的水可以解熱消暑氣。而且端午節在陰曆五月五日，多半落在陽曆六月初或中的區段，這也表示快「放暑假」了，整個人都放鬆了起來。

此時，水珠在太陽尚未完全升起時，顯得特別秀氣，灰亮亮的甚是好看。每一顆珠子落在手臂上，像一頂一頂的蒼穹，映照著這個花花世界，也映照著我這雙好奇的眼。

「不要發傻啦，水龍頭沒關上！」媽媽發聲阻止道。此時小院裡，水泥地從灰白色染成深褐色！水去哪兒了？我不知道，可能流向小花圃的溝渠裡吧？或是宇宙太空？或是院子裡的芒果樹？

將容器一一倒扣好，坐在芒果樹下的老藤椅上，透過樹葉看著逐漸熾熱的太陽，一會左眼瞇，一會換右眼。我的眼珠子上會不會也映照著一頂頂蒼穹？

現在的我們沒有小院子可以舒心，但依然會將水桶清洗乾淨，倒扣晾乾。我們找一個靠近太陽最近的地方——樓頂，將水運上去。

兩位超過五十歲的女士，在電梯中對望著，然後大笑著說：「發什麼神經？都幾歲的人了還這麼幼稚？午時水誰在乎啦？」我在乎，在乎有儀式感的日常，日常中保持童趣。

滿滿的三大桶灌成一水塔的量，還喘噓噓的笑著說：「真的發什麼神經？突然曬什麼水啦？」

笑聲響徹樓梯間，引來頂樓住戶的探頭詢問：「你們在幹嘛？」

姊姊說：「曬午時水，頂一年唯一這天純陽正能量，你家這麼方便，怎麼不曬一桶？」住戶說，這是小時候媽媽帶著做過的。

此時電梯門已開，姊姊說：「你可以試試，你家這麼方便。」此時電梯門關上了，也將選擇權留給樓友鄰居吧！

完成曬水，接下來就是大陣仗的端午大餐。

開枝散葉的意思就是一個家像大樹一般繁衍茂密。

父母兩人於一九四九年在基隆港找到了彼此，兩人先移居到臺灣宜蘭後，生了大姊、二姊、大哥（過世了）、三姊，然後又移居到桃園大溪。接著是我出生，然後又來了個弟弟。一家七口人，父母算是完成了二代傳承使命，母親也放下了傳統女性的重大生育責任。

而今已經來到第四代子孫了，全員到齊總共二十二口人，也算陣容浩大。為大家準備一頓大餐，必須提早兩天回家準備。

慢慢想、慢慢採買是必要的內在旅程，也是與母親同行的旅程。每位姊姊、姊夫、老弟、媳婦各自愛吃什麼？不能吃什麼？牙口咬得動嗎？吃辣嗎？減肥嗎？低碳水嗎？……每一個念想，每一次考量，到最後才會輪到自己。沒當過母親的我，好像突然明白了「母親」是一個怎麼樣的存在：將自我縮成小光球，將家庭放進心胸。

我沒機會問母親她的人生夢想是什麼，因為那段時間，我正忙著活在「如何留在劇場工作」的夢想中，我的世界只有「我自己」，完全容不下他人，縱使物質貧乏也寧死不屈。因為看似無懼的傻勁兒，母親將擔憂轉為默默支持，為了我這個非假日才能回家的「劇場人」添飯加菜。

是不是母親沒有機會實現她的人生夢想，才會特別珍惜這個小女兒的傻憨勁兒呢？是不是只要能平安回家吃飯、見上一面，她就選擇安住她那顆一直懸著的心呢？是不是午夜夢迴時，站在房間口端詳著被排練演出累倒床上、鼾聲大作的我呢？我已無從知曉。

現在的我，走著類似母親的英雄旅程吧！

終於來到了現在的年歲，可以更深刻的放慢腦中的影片，將二十二口之家的飲食習慣、生活休閒、娛樂偏好，一一放入每次聚會中。

一般的認知是小孩子愛吃肉，大人愛吃菜，而我們這二十二口之家是小孩愛吃肉，大人愛吃肉。我則是會葷素搭配，健康不累，強迫大家要多吃纖維極多的蔬菜，並且花樣要多變，絕不能出現兩盤一樣的蔬菜；我會因為單調而不吃，因為無趣而排斥。這種心理狀態，我是在早已過了可以當「母親」身份的現在，才返璞歸真的向內體驗「母親」做飯時，背後那一張張嗷嗷待哺的嘴。

●●●

端午那天是一邊準備紅燒肉，一邊蒸上各式口味的粽子，配上涼拌黃瓜、芥菜炒牛肉、乾煎鮭魚、醋溜高麗菜、腐皮燉白菜，還有市場秒殺甘蔗雞。白米飯不能少，麵條肯定要，而心中仍掛記著樓頂曬的午時水。原來「母親」會有神的代理人稱號，是這樣來的呀？

陸陸續續一家一家都到達。老弟也帶了他媳婦最愛那道忠貞新村的大薄片、雲南米線與豌豆粉。滿滿兩大桌的豐盛菜餚。

還有一個青菜就可以開動了。不夠，還可以煮麵條，電鍋裡的粽子拿出來，飯在小電鍋裡，冰箱有涼拌黃瓜，雞湯在瓦斯爐上。

我如今成為完成這頓飯的母親（煮理者），額頭有汗，不是累，不是熱，是壓力！

腦中忽然冒出王維的詩：「行到水窮處，坐看雲起時。」我站在瓦斯爐前熱到頭暈，後面坐著一群餓到頭上冒煙的家人們。

大姊忽然叫我回頭看，一排排的家人坐著，拿著筷子等我入座。

「你們先吃，青菜快好了。」我說著。他們一動也沒動坐著，堅持等我坐下一起開動。

那時，心頭暖暖的，眼眶溼潤了，眼珠表面布滿了一層水，額頭汗滴一顆顆往下滑落前，像是立體的凸透鏡，映射著我專屬的宇宙蒼穹。

奇怪物語

可以不為下一刻活嗎？

我的家庭真奇怪，父母白頭偕老，兄友弟恭，姊妹和睦，全是安居樂業的普通快樂平安人。但，真的是這樣嗎？

二〇二三年，全球生育率倒數五名都在亞洲，臺灣是第一名，生育率倒數第一。但是以前的臺灣也曾加入戰後嬰兒潮的行列，平均每位婦女可以生育七位嬰兒，母親也在其中。

那時的婦女真的太奇特了，要做家務、生孩子，承擔許多壓力，生活不容易但仍勇敢前行。管不了生養得起的問題，人丁旺盛才顯得有未來，而每一位人口都是未來的財富，是給自己一根胡蘿蔔當動力，傻傻的走完一生。

媽媽就是如此，我認識的許多媽媽也大多如此，想得開則輕鬆放手，想不開則陷入緊張控制，而我的娘是前者。

•••

媽媽曾是上過私塾卻逃到戶外溪邊玩水的姑娘，差一點要被裹小腳命運綑綁。她那時的逃學行為，根本就是離經叛道。她只聽她自己的，誰勸都沒用，她眼中的婚姻都是媒妁之言、八抬大轎的老派儀式，這些是與母親聊天中她偶爾提及的。在沒做過人妻、也沒為人母的初期，這種有著烈火性格的女人必定辛苦。她二十一歲才結婚，在現在算是早婚，可是當時已經是個老姑娘了。

一九四九年過黑水溝之前，她已經貢獻了兩個兒子留在老家。到了臺灣，她生了六個、死了一個後，留下了五個孩子落地生根，開枝散葉。

如果用數字來拆解每個家庭，或許就可以看見社會文化發展脈絡，包括「人」在世上自我認知的變化。

人活在戰爭年代，必須生許多孩子才能保住香火，再加上整體社會貧窮，團結就是唯一可以對抗外在世界不美好的武器。

就連植物也明白這道理。小時候我家後院有一棵大大的芒果樹，夏天結果時，可以將青色的芒果醃成芒果青，放冰箱冷凍後成為消暑良物。樹上黃色芒果的最甜，所以摘過青芒果後留下的，都是直接等到變黃後摘下來，坐在芒果樹蔭下慢慢享用。樹下放了一張藤椅，專門乘涼用。漸漸的，芒果樹的葉子愈來愈茂盛，樹蔭也份外濃密涼爽，但果子一個也不結實了。

母親有一次看著芒果樹許久，轉身往屋裡走，我傻傻的以為是我坐藤椅太久惹媽媽不開心，卻也沒有起身的念頭。不一會兒，屋內傳來急促的腳步聲，只見媽媽迅速匡噹一聲推開紗門，手拿著菜刀向我走來，嚇得我立刻跳起來讓位。只見媽媽說時遲那時快，手起刀落往芒果樹砍下去，一砍好幾刀，口中像唸咒語似的叨唸著：「再不開花結果，就再砍你十八刀。」

一切法術做完，接著釘上一根大長釘並綁上紅繩子，大功告成的轉身往屋裡走。傻傻的我看著媽媽這頓猛如虎的操作，尚未回神，媽媽已經消失在我眼前，她那年四十五歲。

奇妙的事情在隔年發生了，芒果樹再度結實纍纍，滿滿的果子又掛滿了枝頭。

生命就是如此美妙，危機卻是生機，母親永遠是不可思議的存在呀！無論是樹或人。

我家這位母親養過豬、種過菜、砍過樹、學著理財，努力生養了一窩孩子，如果活在現代，她又會是什麼模樣？有沒有尚未實現的夢想？她從不強迫我們要成為人上人，卻將品格良善放第一位。或許，簡單才能讓我們擁有活出自己的樣貌，不責怪原生家庭給過的印痕或創傷。

在家裡，情緒控制也是媽媽給的練習，以身作則是媽媽的行為，吃完飯誰洗碗都是安排好的，自己認領，而媽媽永遠不會洗，因為她已經做了飯。即便獨生子的弟弟也必須加入善後行列。

冬天水冷，在以前沒有熱水器的年代，媽媽總是說：「剛吃飽飯手暖暖的，不要洗碗。」休息一會，吃完水果後，當天值日生會主動去刷洗。姊姊會煮上一鍋熱水，將碗放入鍋中沐浴，媽媽不會責罵我們浪費電燒熱水，因為她自己就是這樣示範著如何愛自己。

●●●

如此日常普通的生活，也有很多事情是不理解、必須經過社會洗禮才明白的吧！

媽媽待我像個大人，凡事都要我自己想清楚，不替我做決定，要我學會負起決定後的責任及後果。

我們金錢觀念的培養是從國小有零用錢開始，在我尚未明白「錢」與「慾望」之間的考驗時，有一次學校需要買成績簿，一早媽媽給了錢，上學路上經過柑仔店，我看見一個想吃很久的糖果，一摸口袋有錢，在慾望推動下，掏出錢就買下去。這個衝動消費的行為，讓我回家後無法面對媽媽，只好騙她說錢掉了。媽媽坐在床邊，看著因說謊而將自己嚇得整張臉漲紅又結巴的我，靜靜看了好一會。我則像是被太陽曬到萎掉的花，頭垂得好低。

然後，媽媽從小錢包再拿出錢，摸著我的頭說：「下次不可以。」我覺得媽媽一定知道我在說謊，也知道我已經記住教訓，沒有戳破我的自尊心。或許媽媽明白，唯有讓我學會自尊、自重、被信任，才是愛我的方式。

中學時期，我的零用錢提升到一個月兩百元。媽媽說：「錢是人的膽，跟同學出去時，不要看別人吃，自己也要可以買，交朋友時才能有自信。」媽媽月初給錢，也同步到郵局替我開戶，將錢存入。用不完可以當儲蓄，需要錢時才領取。這個習慣我一直保持到現在。

母親還在世時就曾說過我很小氣，要用我的錢就像要我的命一樣。現在想想，我很感恩自己將錢視如黃金而非糞土呀。

珍惜錢的能力從小就要開始練習，而對這個能力的驗證，在新冠疫情這三年間（二〇一九至二〇二二年）特別突顯。在退休金、養老金要自己發給自己的演藝個體戶中，我還算是一個好老闆、優良自雇主，可以給唯一的員工——我，夠用且退而不休的未來生活。

我在充滿名、利、慾望的工作場域，學會認清何謂名、利、權、慾等綜合上癮症頭。因為陷落及追逐過，所以明白那些個反覆難以成眠的夜晚、生活充滿工作的日子、一個月只在自己的床上睡過三個晚上的工作狂日常。

記得，在一次休假日，雨天的夜晚，信步走在住處的巷弄，讓自己像一個人一樣走在路上，手上提著剛買到熱騰騰的晚餐，欣賞著平日都未得看見的鄰人街景。一道熟悉的強光從院子照射出來，這個充滿雨絲的冰涼夜晚，雨在光中透著水晶般的光，折射在我的眼球上，剎是美麗！定睛一看，原來是在拍電影，難怪一切都這麼似曾相識。

都是認識的好友們在拍戲，於是去打了招呼，匆匆道別就往家裡走。天氣愈來愈冷，雨更加密實，夜更深了。我在家中窩在暖暖的床上，剛剛泡完澡的身體還透著薰衣草精油的味道，真的好幸福呀！

窗外的雨聲變大了，收音師肯定很痛苦，因為無法工作，必須停下來吧！心裡掛念著剛剛相遇還在工作的朋友，他們這一等，肯定又無法準時收工到天亮，想著這一切與自己……就沉沉睡去，追逐周公了。

媽媽在金錢上是有學習歷程的。一九四九年是個分界點，之前她結婚生子，在一個大茶商家當長媳，尚未有機會掌家，就離鄉到了基隆，一切百廢待舉的生命，要先照顧好生存基本面。當時她持續保持二至三年有一個嬰兒，即使失去孩子，也對生命不喪失信心，為當時的人口有數字上的貢獻。

我們的家庭數字密碼：二二二〇二。生為下一代的我們，大姊家生兩位，二姊家一位，三姊家兩位，我則沒貢獻，老弟家兩位。而現在家中第三代也陸續產出，目前共計四位孫兒輩。

母親在那個匱乏年代憑一己之力生產養活了五位家人，而我們五位小孩的家庭產出共計七位，而再一代的七位家庭目前產出四位小孩，會持續增加產出吧！如果以母親一人產出五位的數字，似乎七位孩子可以來到三十五位，或是二十位才是合理數字，這樣臺灣才不會是生育率全球第一（倒數的）。

或許，我平凡的父母像是大堤壩，為我們小小的家擋住外在風雨。爸爸簡單的當上班的爸爸賺錢養家，也想盡辦法轉換到錢更多的地方工作——十大建設隨隊醫生，民國四十八年農墾處成立後，父親找機會請調到此單位，基本上一個月才回家一次，離家外漂賺錢，似乎是成長的必經之路。

因為父親薪水變多，家裡的生活也安穩許多，母親才有餘裕理財，因此，大姊不用輟學分擔家計，能順利考上大學，尤其是在當年大學錄取率極低、考上如中狀元的年代，大姊可以抬頭挺胸活得很有力量，在婚姻中仍保持教書工作到退休，是個能獨立思考的女性。

二姊則是社會大學的高材生，是家中最早買房組建家庭的女子，勇敢追愛並且通過許多人生挑戰，現在成為舞蹈老師，也是四處做公益的貴婦。三姊則是最美麗也最有愛的照服員，並且持續付出，向愛學習。老弟終於可以做自己，太早離家的他，軍旅人生為他人服務，退休後的現在重新整理打包自己，理一理自己的前半生。

而我，愈來愈愛一事無成，終日閒散度日，被朋友讚聲說我活成她想要的日子。朋友尚未退休，她說想在退休後找塊地種菜、養花，在山中散步，與朋友閒聊。在一次慶祝她取得博士學位的聚餐後，我帶她到我的小小菜園看一下冬天剛下土的菜葉。

山上空氣好，微雨的下午，好安靜，耳邊不時傳來：「好棒哦！這是我理想的退休生活，你真的實現它了，而且不用等退休才上路。」我則笑笑說：「等退休？太慢了，現在就活出來。」

想著自己普通的家庭，沒有會情勒的父母，也沒有父母吵架要孩子選邊站的困擾，更沒有父母伸手向子女要生活費的窘境。父母仍然會爭吵，母親卻會阻止我們對父親不滿，因為能夠責怪父親的人，只有她（母親）。

母親也不會比較我們兄弟姊妹之間的成績，她知道不攀比，兄弟姊妹才能和睦長久，這是她留在世上給我們最大的資產。學問高、讀書多都不管用，誰說話有道理就聽誰的，這才是王道。

在還是薪水袋的時代，孩子們都是尚未拆封就交給母親，母親會開一個帳戶存下來，等我們結婚時好使用。我是完全沒有這個經驗，因為劇場工作的關係，能自飽就算平衡的好日子，即使再苦也沒有向父母伸手。看見朋友臉書提及有些人的孩子無限向父母伸手要錢，這結果是令人不愉悅的。生養到大的孩子，怎麼變成不認識的挖錢怪呢？

對於我這個出生在沒有家庭暴力、語言諷刺，還每個月有零用錢的小康之家，唯一可以想像到的是：討關愛，平衡回小時候不夠的陪伴時光吧！

我的父母親，他們的自我很小，所以容得下一窩孩子吧？不確定我們是不是被鼓勵做自己到變成只有自己，世界放不進別的可能性了？或許世界是一個圓，舊的、老派的、古早的會再度回來吧！（美國Z世代，已經真的發生了。）

這讓我想到英雄的旅程：平凡的生活中有了冒險的召喚，而且不是立刻回應，必須經過掙扎然後上路，走上屠龍之旅，旅途中必會受到折磨、考驗、碎裂及淬煉，找尋同盟。而終極發現要屠的那條龍，可能是自己心中的那個小我。完成了理解「自我」的旅程，終於可以回歸平凡的家，帶著一點點明白繼續過日子，回到圓的終點又是起點。

我的家庭真的很普通，很少童年創傷印痕，有種強大安全感！也可能是這份奇怪又普通的人生，讓我知道每個人都值得被愛，世上沒有真正的壞人，而是不明白、無意識被影響而報復、反擊的人；有時成功就成了勵志故事鼓勵著你、我，成了有為者亦若是的榜樣。而相反的則如電玩遊戲中提早GG，那就重新開機，再來一次人生。

安藤櫻主演的日劇《重啟人生》，就是從日常生活中不斷重新開啟、再重來，直到明白死亡不可怕、普通人生不可悲。可怕的其實是忘記了自己是來完成體驗「愛」，而可悲的是在當普通人的日常生活中，看不見已經活在幸福中。

當沙子合腳趾縫時

舒暢

很喜歡觀察周圍環境、人際互動，也因此學會了趨吉避凶。好不好？不確定。但，還活著。

個性直又要保持柔軟，我練了好久。「直」包含著傻與不集中，「傻」就是看不明白他人的計較及在乎，直不隆咚就快人快語的表達了直覺感受。

最近生活中發生了一件事情，一瞬間破功。在工作用餐時，朋友選擇了便當，裡面的配菜有酸筍乾，而筍類食物會讓我過敏，因此釋出給朋友加菜。我在嗅到味道時，立刻直覺說：「好臭。」此時，另一位朋友正將筍子放入嘴中。我立刻修正說：「味道太重了，我沒有辦法接受。」雖然解釋了自己真正的意思，心中仍感修練太淺，一不小心無意識就脫口而出。

我也會再往內看，為何自己覺得那不是香而是臭？原來是我聞到了化學味，這筍乾是用化學藥劑發泡出來的。但轉念一想，阻止她吃太多也是好心啦！因為她真的只吃一口就當廚餘倒掉。

小時候上學是好玩的，但也是辛苦的。我喜歡每天走在上學路上當作某種探險的經驗。因為幼稚園及國小都離家很近，上幼稚園時，除了第一週由媽媽爸爸送到學校，接著都自己去。

幼稚園的半天時光，與同伴、老師的相處很放空、很輕鬆。玩遊戲、吃點心、看天空的飛鳥和雲的飄移，樹葉縫隙透出了光，整個小朋友吵鬧哭喊、老師追趕，都成為我的背景音樂。有次一個人坐在鞦韆上，沒有盪漾的看著門口遠方上空被樹遮住的幼稚園半環形招牌背面。招牌是鐵鑄的，紅色的漆有些斑駁剝落，鐵柱一條條並列著，兩扇門彼此緊緊靠著，有一個大大的門栓卡住它們倆，不讓分離，而門外有人探頭張望，雙手扶在鐵柱上久久，不肯離去。

我起身要走向門口時，老師大聲吼住我：「回教室！」我則像是被催眠似的轉身離開，大門口那位美麗的女士，手似乎捏得更緊了。

幼稚園要準備手帕，用小別針別在圍兜兜上。媽媽用裁縫衣服剩下的邊角料，剪了一塊正方形的布，並在上面車了一朵小花，也車了一圈布邊以免不像手帕；偶爾，媽媽拿它來洗後會噴上一點媽媽牌香水——明星花露水，只要在週一檢查手帕衛生時，老師都會讚美我香香的。

媽媽也喜歡在洗過、曬過的被套床單上灑一些她愛的香水。大姊長大後，只要出國回來，必定為母親買上各式美麗瓶子的香水，有花朵造型瓶、長頸瓶，也有矮胖圓墩可愛的瓶子。母親通常只在喜宴、活動時讓自己香香的，而活動及喜宴並不多的生活圈，香水多半是在瓶中被揮發掉。

幼稚園兩年的生活，我很快就學會認出沿路風景，而我的小學生活則是在不適應的頻率中，以不集中的精神狀態慢慢學習著傳統校園生活。

小學的上學路上要先與各家也準備出門上班的長輩們一一道早安，終於穿過長輩人群後，腳步也輕盈許多。快步經過籃球場，我會刻意繞進去走一圈，順著地上畫的線條，用小腳在上面劃出一個自己的隱形籃球場。

「還不快去上學，要遲到了！」突然一聲吼，不知是誰有隱身的超能力，嚇得我只能快速離開，心想莫非他看出了我在練功？好可怕。

從小就喜歡與自己在腦內玩著想像的遊戲。傳統市場更是個特別的所在，去小學的路上會經過。因為當時個子不高，看見的都是大人的腿，而且每一攤架子的高度正好將老闆分成兩半。

上半部的嘴是重點，必須一直吐出許多的字，有些有聽懂，有些聽不懂。買菜的女士們有時被男老闆逗得花枝亂顫，手上的葉子抖落水珠，在市場遮雨棚破洞處顯得特別閃亮，銀鈴般的笑聲充滿著朝氣。

而下半部以腿為重點。市場地板總是溼答答的，有些腿放在雨靴裡，有些在拖鞋上，放在雨靴的小腿有粗、有胖、有毛，而腿肚了會因雨靴口徑大小決定卡住肉的深淺，腿毛有直、有捲、有密、有疏；有被蚊子叮的一顆顆紅點，也有被搔癢難耐捉破的抓痕。而放在拖鞋上的腳，更是樣式多元，腳趾頭有長、有短、有胖、有細，腳背有厚、有毛、有青筋、有傷口，有穿長褲的老闆，但多半是短褲，通風之外又可以繼續讓市場蚊子叮咬，再享受抓撓流血的爽感。每一雙腿搭在最適宜的鞋內，踢踏、踢踏的來回穿梭在布滿水灘的地板上，倒映著菜攤天棚洩露的光及短褲內的春光。

媽媽會給我一些零用錢放身上，一是怕我突然想吃東西但沒錢會起偷竊之心，二是不要看同學有而自己沒有惹得自尊心受傷。其實媽媽從來沒有直接告訴我這些，是我日後成長中漸漸明白的。

去小學的路上有家雜貨店，經常在下課後擠滿各年級小學生，我想進去買糖果吃，但都被擠在門口，只能張望等待。看著老闆站高高、叉著腰、瞪大雙眼盯著形成小偷隊型的小人兒們——有個人看著老闆；有個人擋住翻開紙盒取糖果的同學，一口快速塞入口中而嘴巴附近沾滿了豆粉，我還不小心與他四眼相對。我下意識的拍了拍嘴唇，該不會不小心也成為他們的小偷家族？

老闆瞪著離去的小小背影，沒有追出去，只是臭著臉看了我一眼。老闆心裡可能知道孩子們有渴望卻沒有錢，選擇睜一隻眼、閉一隻眼吧！兇兇的臭臉背後，其實有著一張慈祥母親般的溫柔面容吧！

上課時，我喜歡坐在教室靠窗的位置，可以看著窗外發呆，想著市場的味道、畫面及聲音。但是想太出神是不被允許的，老師會突然很大聲喊某某某上臺。這位男同學姓孔，很帥，但坐不住，喜歡與同學說話，聲音卻大過老師，於是他的手掌被椅子木條打到腫脹瘀青，嚇得全班同學連呼吸聲都快消失了。我則立刻集中精神聽老師講課，但整個人似乎被浸在深海裡，所有聲音都隔絕在害怕的泡泡外面，怎樣專心也聽不清老師的話語，覺得老師嘴巴一開一合像個木偶，很恐怖。我認真又假裝的專心上課，深怕被臺上的木偶發現我知道他才是假人。

注意力不集中（ADHD）是現代醫學給的名稱，也保護了很多的孩子，而六、七〇年代時，這樣的我們並不少，隱藏得住就存活下來，而那位孔姓同學被鞭打、倒掛、捏奶頭後，學期還沒結束就再也沒出現，其他的同學也偽裝他轉學或搬家了。

班上很安靜，而我也變得很安靜。唯有上體育課離開教室後，我又可以呼吸到自由的空氣，看著天空的藍為底色，白雲像未定型的水彩，在光的照映下勾勒著金邊，一會是烏龜，一會又是兔子，或是拉長長的龍、圓圓的西瓜糖。

「你在幹嘛？報數！你沒聽到嗎？」說時遲那時快，老師話還沒結束，我的臉已經被那隻曾經捏傷同學的手捏著，重重一拳打在左臉顴骨上。我沒有叫出聲，雖然很痛，仍傻傻楞在原地深吸一口長長的氣，眼淚不自主的滴了出來。原來，在戶外也要收起「不集中」，一刻不得放鬆。

國小四年級感受到權威的壓迫，回家也不敢告訴媽媽，即使她已經發現我臉上有瘀青。我回她說：「在學校撞到門。」一條長長的瘀青，記了一輩子，直到長大與鄰居聊起這位黃老師，他們也都經歷過他的鐵拳教育。或許他真的忘了我們會長大，他會老。

後來某次聽鄰居說，黃姓體育老師被人在他平時散步的小路上，套上麻布袋痛毆了一頓，住院三天，而且他的女兒很無辜的臉上有著一塊好大的瘀青。聽到這些訊息很解氣，但也很警惕。

鄰居還提到他去運動中心游泳，在池邊看見一個有點老但仍健壯的身影，他心中依然隱隱滲出小時候的恐懼，鄰居並沒有上前向老師問好，轉身快速離開並祝福他滑倒。

我們都是這樣長大的，從「直」與「不集中」那不被理解的混亂中存活下來。

總是練習著找尋有趣的觀點：石頭可以是紀念品，可以是跳房子的個性代表，也可以是敲打窗戶呼叫同伴的暗器。樹葉可以用梗編成衣服、給紙娃娃蓋屋頂，家家酒的炒菜是最平常的運用，而樹葉的味道則是在不知精油為何物時的最佳氣味醒腦劑。玩具也都是自己製作的，縫製沙包、木棍綁成槍、紙娃娃自己畫還設計衣服，風格各自不同。年代貧困，有限物質的生活卻充滿創意的自由感。

這群戰後嬰兒潮末代的我們，也來到了知天命、近耳順的年紀，那些童年的畫面及記憶在時間中被重新上彩，也因故事久遠而美化了當時的不舒適及痛。現在偶爾拿出來看一下、品一會兒、擦拭著它，似乎有種呼喚阿拉丁神燈精靈的樂趣。

精靈會放出影片娛樂自己：有走在大操場旁練習跳遠的沙坑，冰涼涼的沙子讓雙腳深埋其中，走不動的小腳趾頭拚命掙扎，將細碎冰涼的沙子從腳趾縫中撥離又撈回，反覆來回在趾間摩擦，癢並快樂著。直到被媽媽叫回去吃晚餐才肯罷腳。

也有過一個人的探險。小小的身影，從國小校門口一起跟路隊回家，覺得每天都走同樣的路很無聊，今天不要經過糖果雜貨店，而是沿著校園用朱槿花圍出來的圍籬牆。朱槿的綠葉油亮亮閃著光，枝上布滿豔紅的花朵。在朱槿樹籬外還有一片菜園，是附近農夫種的地，雜草也混在其中。無法靠近朱槿花的我，只能順著石子小路繼續向前。

有些服務的同學在燒垃圾，一陣陣青煙灰撲撲的夾雜著燃燒的味道，有高年級的學長去處理了。因為正在脫隊中，突然想起老師交代過要跟著路隊走，只好趕緊躲進前方小巷。這一區是我完全陌生的地方，心裡抖抖的先從小巷離開。

有位伯伯穿著背心短褲，正在晾衣服，對著我說：「小妹妹，你怎麼不回家？」他露出因抽太多煙而發黃的大大牙齒，一靠近就有一股濃重的煙味兒，我只能屏住呼吸加速離開。「你不是王醫官的小女兒嗎？」我回頭看他，點點頭。「你爸還沒下班啊……」接下來他說什麼我都聽不見了。

喘吁吁的我停下腳步，到了「僑愛醫務所」，看著招牌想說爸爸應該在裡面吧！一位大眼厚唇的女士看見我，我趕忙說：「高奶奶好。」她是我的接生助產士，也是名作家與媒體人高信疆的母親。

「你爸爸快下班了。」高奶奶說。我點點頭，繼續往回家的路上走。

我不確定方向對不對，但強裝鎮定往前，直到看到一位裹著小腳、梳著髻巴巴的老太太才安下心來。

那是我同學的奶奶，她的父母都是小學老師，她父親特別有個性，在不能留長頭的髮禁年代，他總是留到極限，半長髮的帥勁，很叛逆，而她的母親胖胖的，在年近四十歲才又生了一個妹妹。奶奶看見我，招了招手要我過去，從她那藍色大布衫的口袋裡掏出一顆糖給我，說道：「恕怡還沒到家。」接過奶奶的糖，知道我沒有走錯路，安心了許多。

轉彎就是最大條的路，可以筆直的走回家，道路旁種了很多樹，因時間推移都綠蔭遮天。媽媽們開始準備晚餐，等待先生孩子們回家。「小娟，你媽在找你。」原來我忘了冒險之外還是要讓媽媽安心。可能因為媽媽寵愛我，知道在村子不會走丟，到處都是熟人，也就沒有罵我下課為什麼脫隊。

這份安全感，讓我一直到長大後的現在仍然保存著，就像一粒粒細沙嵌合在腳趾縫，剛好的踏實感。偶爾不安出現，只需走路、散步，童年的沙坑就回來了。

有點覺得「老小老小」是一種回歸本心的必然路徑。塵世間滾滾數十載，回歸「直、傻」的自己。原來那個不專心的自己，像是樹林中的迷霧，保護著隱身其中的獨角獸不被狩獵者發現，以免成為獵人的牆上標本。

現在依然會隱身在迷霧中，將雙腳插入沙坑，像是將自己重新種回土地汲取養分，此時，獨角獸會發出淡藍色的光，緩緩向我靠近。

PART

2

英雄旅程

植物最終歸途是回到泥土，化作春泥更護花的一員。
而我們，也如大自然循環的一部份，活回自己！
一趟旅程，走出去是為了走回來。
探索自己是誰，也必須先活出自己，接著活回自己吧！

愛、寫

藍圖的一部份

愛寫字是從什麼時候開始的？是從國二幫高三的姊姊寫週記開始的嗎？還是小學四年級寫六隻螞蟻團結救食物的故事？

抑或是讀藝術學院時期的創作課呢？那時楊德昌導演被邀請到我們學校教劇本創作課，第一堂課時發了一份問卷，感覺是想知道學生的喜好及程度，在那當下大家低頭認真作題的模樣，真像大學聯考現場，只是沒有標準答案而已。我寫著寫著，突然覺得太過認真及嚴肅，很像一齣整人的荒謬劇，看著左右同學振筆疾書不抬頭，其實自己早已出戲神遊去了！

當時寫了哪些題目早不記得了，只有印象中最後一題問道：「最喜歡哪一項樂器？」同學們寫什麼我不知道，而我填了嗩吶。是開玩笑嗎？有點，但腦子當下冒出來的就是這個，反正樂器對我而言，就是個名詞而已。

等到下一週公布了可以上課同學的名單，有我呢。幾位太用力想爭取上課名額的同學反而沒有入選。

「莫非是嗩吶拉了我一把？」我心想。果然，能到我們學校教書的老師都是奇葩！

老師交代的作業也很自由，範圍不拘，像極了問說要吃什麼，回答個隨便，但回答者心中早有自己喜愛的設定。我則是苦惱著上課時間即將到來尚未動筆，心中焦慮著如何面對隔天的創作課。當時的男友看出我的焦躁不安，立刻好心提出他的點子，當晚疾書完成了〈大螞蜻蜓〉一篇。

故事的梗概是：有個放暑假的男孩，在百無聊賴的鄉下外婆家閒晃，看著每家每戶的生活。有看電視打瞌睡的老人，有打小孩大聲罵人的媽媽，有打麻將算計的大人、逗狗的笑呵呵男生、被鵝追哭到慘兮兮的女孩，而主角則信步走到空蕩蕩的小學，一間間沒有人的教室，暗暗的，像極了會吃小孩的沉睡怪獸。操場的草地因沒有各路同學的奔跑踐踏，肆意生長得茂密，像一塊綠絨絨的地毯，也像一片安靜的深海上點綴著點點白色浪花。風吹草浪一波波。男孩衝動的往前衝去，一時激起滿天的大蜻蜓，原來白點點是牠呀！這陣揚起，男孩的心情也舞上了天！故事大致如此。我寫完後也安心入睡了。

隔週作業發下來的評語卻是：故事太像《冬冬的假期》。

我沒看過那部電影，所以並不明確知道像在哪兒，只是內心仍好強的知道要寫一個自己有感覺的，而不是被建議的故事。

那週的夜晚特別涼爽，天空的月亮明亮皎潔。從學校走回宿舍路上，抬頭看著盈盈的月光，月亮像是掛在天上的氣球，內部卻充滿了水，於是「水氣球」這三個字就出現了。

當晚我就完成這個簡單的故事：一位女生月事一直沒有來，肚子卻愈來愈大。她不敢問也不知向誰求救，做著各種旋轉跳躍的動作，同寢室的同學覺得她莫名其妙。

這篇得到老師的回應是：與上一篇差別也太大了吧！很有潛力。

而我內心告訴自己，要聽自己的，不要懷疑！

人太容易不相信自己，特別是在藝術學院時期，身邊充滿了有才華、有故事、有思想的人，總覺得他人太厲害了。如何讓自己不要落後太多，是我求學時期的心態，「贏」這個字不在我的世界裡！就默默的鴨子划水，緩緩前進吧！

上創作課是快樂的，我也喜歡將看見的、思考的轉換成文字，大多是不成熟也不明白劇本或小說或詩應該如何寫才符合好的標準，但就是繼續寫，完成作業。當然，也常常被指教寫得不理想，當下我就安慰自己說：只是愛寫，沒有要當編劇或作家（雖然，現在是進行式）。

而那段時期因為看了張愛玲女士的小說，企圖模仿她的文筆，果然寫得有形無神；看了白先勇老師的《臺北人》，就有衝動寫出屬於自己父母親的愛情故事（很多很多年後才有動作）。我也特別喜歡短篇小說之王莫泊桑的作品，看看他是如何收尾的讓人意外又覺得合理；如何與前面文字相互安排，畫面的經營及「反轉」的結局，造成不思議的餘韻與思考。每次閱讀一篇，就必須闔上書本，讓文字慢慢降落、畫面顯現。

接下來離開了校園，還是有機會多寫幾個字，是建構角色的自傳系列。

一九九六年，應新加坡實踐話劇團的邀請，我參加了新加坡藝術節，演出曹禺先生的劇本〈原野〉。那年我三十二歲，獨自出發異地四個月排練、生活、演出。中間回臺北一次，宣傳王童導演的電影《紅柿子》。一個星期後，再次返新加坡排練。

當時我租屋在新加坡的東邊，每次坐SMRT要轉兩次才能到達排練場四馬路觀音廟。簡單的日常就是排練、寫角色自傳、練習、繼續寫字。我後來轉換成寫日記，或是用我演的角色「金子」的角度寫。

〈原野〉這故事講的是早期封建社會對人性的情慾壓抑，角色在大社會下如何面對湧動不安的生命慾望；要活出自己就必須革命，離開那令人窒息的「家」。即使進入了婚姻，被壓迫的人生也是不值得過的人生。我在角色日記中如此記錄著。夫家只當金子是生育工具，生了孩子仍然要控制金子的人生，而瞎眼婆婆的耳朵代替了她的眼睛，丈夫則是媽媽說了算的媽寶寶。一九三七年創作的〈原野〉，原本是一齣男子復仇記，而在一九九六年的版本中，金子的角色，卻有著女性意識的覺醒。身為女性，我並不想抱憾的苟活。當時，我也記錄下這份心情。

工作過程反覆來回與導演和創作團隊討論著，不知這樣詮釋會不會太跳脫原作核心？雖然我的內在仍一意孤行的就這樣表演著，並且，用角色的立體深刻來證明她是成立的。而這份創作歷程，在一九九六年底曹禺先生過世前，被郭寶崑導演帶去北京，分享給病榻前的曹禺先生。這件事是導演後來讓我知道的，曹禺先生很認可金子的意識覺醒。

日子繼續往前。愛寫字也持續往前。而痛苦及磨難的日子，文字就成了心田的花朵，開在一本又一本的日記簿上。

有些痛楚是自己不願意放手，而這份不願意如同竹子的成長，深埋土裡四年才長三公分，是個連小指頭都不到的長度，而四年卻又是可以從小孩轉少年、中年足以轉老年的變化。但我卻埋了十年，這份逃不開、揮不去的愛情暗夜，如同鬼魂般種在心底，而自己有如酆都鬼城的守門員，誰都不准離開，也無法有人進入。唯有寫字才能安慰被囚禁的人兒。

有好長一段時間，與家人保持著冷淡的距離。不接觸、不聊天、不開放，似乎就不會被家人關愛的眼神灼傷，而家人們也不會被我的冷淡凍傷。那時候心靈成長類的書是我的好朋友：《女女相繫》、《聖境預言書》、《慧眼視心靈》、《健康之道：最後一堂的賽斯課》（遠流出版的新心靈系列）等等，讓自己感覺還活著。一本本的書，如同一塊塊浮木支持著當時的人兒不至於溺斃。一邊在劇場排練、演出，一邊閱讀自救，而整合這兩端矛盾的橋梁則是文字。

每一次搬家，都有著一大箱未開封也不願丟棄的日記數十本，終於在最後第二次搬家時，打開那塵封已久的箱子。想像力是放大鏡，像萬花筒讓人目眩神迷，美化或醜陋事件本身，而記憶中的感覺則是另一種書寫事件的筆。灰塵在美工刀劃過封箱膠帶時，黏在刀鋒上，像是阻止開啟記憶的潘朵拉盒子似的。一點也不省力的終於將它打開，裡面一本本則大小不一、顏色各異，有日記本，有年曆、筆記本、A4白紙、稿紙、便利貼……。

天哪，原來直視真相才能解脫，想像彷如地上的陰影，被逆光照映著影子拉得老長老長。陰影籠罩了生活竟可以長達十年以上。不能再責怪他人，不再說都是某某爛人害自己活成這樣，閱讀這些文字，得知負起自己生命責任的時刻到了，重新開啟、創造新的可能的機會來到。看見文字的花，一朵朵、一片片旋轉在空中，火焰將它化成朵朵蓮花，化成清氣上升回到大自然中，而鼓勵自己的花語則像灰燼落入心田，滋養著內在的那畝田。

一個故事不處理、不重視，在十年後可能會成為人生不順的事故。被玫瑰的刺扎入肌膚，久了就不覺得疼痛，但不表示它不存在，只是習慣了而已。從拔刺到復原，必會經歷流膿血、除舊傷口的難受過程。

「請相信自己會走過心靈幽谷的。」我這樣鼓勵著自己。

文字與閱讀似乎成了那段時光的兩支登山杖。

在閱讀中找到心靈導航器般的不斷校準方向，並且驗證每一個計畫、步驟。而文字於我則如行車記錄器，將生活中的點滴像種子般埋入心田，等待成長。

當時的我因閱讀書籍的影響，開始寫信給上帝，像寫給父親一般的叩問祂為何讓自己活得那麼艱辛？為何未來的道路那麼不明確？為何出那麼多難題為難祂口中最愛的女兒？書寫的文字中充滿憤怒及不滿，質問的態度卻沒有造成祂對我的不溫柔。往往在書寫到尾端時，祂的聲音便已出現在腦中，等著回答我所有的質疑。信的最後我會署名「您最愛的女兒敬上」。

而祂回應的第一句是：「我最親愛的女兒：辛苦你了，我明白你的質疑及憤怒，高喊著：『為什麼不幫助我？』我在旁邊陪伴著你，將你抱在懷裡，安靜的等待你哭完，等你充滿熱情後跑出去繼續冒險，縱使全身大汗、遍體鱗傷也不願放棄體驗自己是有勇敢靈魂的存在。縱使你忘記了這一場升級打怪的遊戲也沒有關係，就算忘記了我一直都在也沒有關係，因為我一直都在……。」最後祂會附上一句「最愛你的天父」。

此時，我被好大的溫暖的愛包圍盈滿著而淚潸潸了。

透過閱讀，我知道這種書寫是「自動書寫」。自動書寫之前是不是要練習多寫些字、多多記錄心情或生活？當觀察與無法言明的滿滿感受累積到滿溢程度，才能在紙張上自動展開文字農耕的模式嗎？我不那麼明確知曉啟動的瞬間，但就是發生了，我就順流往前！

中年的困境，不只是工作和未來，也包括心靈渴望。看著一本本日記中記錄著想做的各式各樣計畫，與剪不斷、理還亂如幽魂娜娜揮之不去的鬼魅，抑或是各式關係中的拉扯與羈絆，如擔心父親的健康、關心家人關係是否流動和諧等等。當時的我設定出為我個人量身打造的心靈焚化爐——所有心靈垃圾、問題骨頭、情緒廚餘、人際即期品等，自以為的分門別類後，一項一項放進專屬焚化爐火化燃燒之。就像燒掉以前的作業簿，有種爽快。

小時候的作業簿字跡醜，成績不高，從老師的評語也得知彼此的距離如此遙遠，都像橡皮章印上去般的大同小異：性情溫和、文靜內向、繼續努力、寫字草率等等。至於內容呢？請問老師有看一下嗎？字醜就沒有內容了嗎？有沒有一種可能是那時的我正處於自動書寫狀態，「字」降落得太快，來不及落在作業本的格子裡呢？小學時的文字幽魂在火化過程中，搭著輕煙薄幕喊著：「冤枉呀！老師，我雖醜，但仍不減文字背後透出的魅力之光吧！」然後就被送入天空自然中，回歸主懷了。

愛用手寫字至今沒有改變。有本書曾說：「手是心的延伸，而且手也正好是十字的出口之一，中間交集處正是心的位置。」也記得二〇〇六年在宜蘭冬山鄉上華德福師資培訓課程時，被規定上課不能帶電腦打筆記，因為那會成為過耳不入心的聽打員。

我的記憶力也是奇怪，擇選的重點總是適合怪怪的自己。或許只是不想學習電腦打字，或許試過，但總是會打斷文字降落的速度，造成腦迴路在高速運轉中塞車，也可能是因為就愛有著個性的醜字吧！

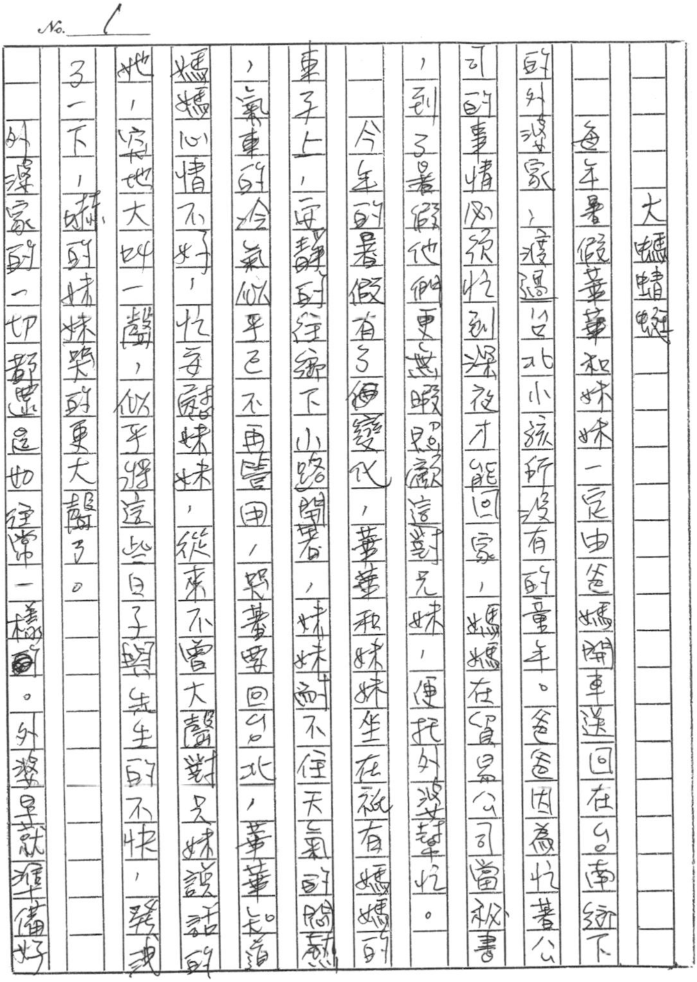
No. 1

大螞蜻蜓

每年暑假華華和妹妹一定由爸媽開車送回在台南鄉下的外婆家，渡過台北小孩所沒有的童年。爸爸因為忙著公司的事情必須忙到深夜才能回家，媽媽在貿易公司當秘書，到了暑假他們更無暇照顧這對兄妹，便托外婆幫忙。

今年的暑假有了個變化，華華和妹妹坐在祇有媽媽的車子上，安靜的往鄉下小路開著，妹妹耐不住天氣的悶熱，氣車的冷氣似乎已不再管用，只想要回台北，華華知道媽媽心情不好，忙安慰妹妹，從來不曾大聲對兄妹說話的她，突地大叫一聲，似乎將這些日子與先生的不快，發洩了一下，嚇的妹妹哭的更大聲了。

外婆家的一切都是這也經常一樣的。外婆早就準備好

◎在藝術學院時期的作業手稿〈大螞蜻蜓〉留存至今，手寫文字的習慣依舊不變。不覺得手寫字的背後彷彿有股魅力之光？

出去，記得回家

人生是來體驗的

人是要活「出」自己，還是活「回」自己？

在學習兒童文學理論時，就得知故事的基礎是「在家、離家、回家」。「在家」指的是原生家庭的人際對待、兄弟姊妹情感的親疏遠近、父母失衡的愛或攀比與競賽等等，例如灰姑娘、白雪公主都與繼母情結有關；哈利波特則是男孩版的出走才能在冒險中得到屠龍後的幸福感，而整個冒險歷程就是成長與剝落的過程。童話或青少年的故事，是可以有個被設計後的美好結局，而且在旁觀者的高度邏輯及清晰目光之下出走。

但人生呢？

親愛的自己也是必須在青春時叛逆出走，走出原生家庭，即使像一頭被羈絆的猛獸，仍然不畏懼如大力金剛般斷開家庭的絆鎖；即使革命、縱然流血也不退卻，只因為要尋找失落他鄉的遠方與詩，活出自己就成為心中的信仰。

雖然，我距離青少年時期已經是三個輪迴前的遙遠記憶，幸好家中尚有不斷出生的未來青少年，足以讓我們這些大人一次次看見那份詩與遠方的叛逆理想。

與青少年相處，「一言九頂」是日常，說一句話被頂回來九句，著實讓人心裡堵著，難受至極。想起家中老母親曾說過：「一句話可以頂在牆上讓人下不來。」這讓我想起周星馳演《九品芝麻官》中的縣太爺，流落妓院，看見大媽們以語言叫陣，單靠嘴就可以將對方不只頂在牆上下不來，更有甚者是將對方說到無法喘息、心臟麻痺，原來「嘴」是武器，可以力戰群雄呀！最終他還登上了「吵架王」的寶座。

我想起三姊青春期時，頭腦反應快，人美、腿長、髮又烏黑，追求者眾，經常聽不見母親叫喚她做家務，總沉浸在自己的愛情夢幻泡泡裡。被喚醒時她總不耐煩的回答：「為什麼不讓小娟（我）做？她也要學習做家務呀，不要因為她小就不讓她做，這會養成她驕傲的性格，她將來嫁人了怎麼辦？什麼都不會……。」我感覺母親被姊姊懟的一口老血要噴出來了。

那時的我才國小五年級。母親不想與姊姊繼續講道理，轉頭就喚我去將碗洗了。我一臉傻氣的透露著：「今天不是輪姊姊洗嗎？怎麼又是我？」邊狐疑邊走向洗碗槽。

姊姊這份頂撞的勇氣，放對地方真的詭辯才女，思路清晰，反應敏捷。想想或許是青春期的少男少女們腦子正甦醒，對於文字中的漏洞或語言中的 bug，能超級快速的捕捉到，然後予以反擊，完全是電玩遊戲的打怪升級遊戲。

我們或許就這樣帶著一身功夫離開原生家庭，進入社會工作，接著再走入婚姻生兒育女。這份想「活出」自己的勇氣，有如宇宙級大爆炸般，但凡讓自己感受到一點不舒適，一點都不忍耐，立刻會拿出打怪精神，務必將怪物打趴，如果沒有打贏怪物，必被怪物反噬而受傷。但是在關係中，誰會願意被當成怪物？青春期的創造才華放在這兒，就是破壞力十足的叛逆吧？或許，人會停留在想「活出」自己的逆反階段，一直打怪、一直輪迴，卡在青春時光的閉環中。

這又讓我想到電影《奇異博士》中，主角奇異博士要破解時間閉環的控制，必須一次又一次回到同一個時空場景，經歷一次又一次的痛苦死亡，回去面對時間大魔王，而每一次死亡，博士就多了一份對自己堅持的理解。時間大魔王以閉環控制了外在世界的進展，而終至毀滅世界，卻沒想到奇異博士「以子之矛，攻子之盾」，同步鎖住時間大魔王，彼此糾纏著，而他的每一次死亡都讓他學習到死亡並不可怕，可怕的是放棄對真理的追尋。有意思的改變是來自於他接納了在輪迴中的死亡是假象，時間也是虛幻的存在，此時大魔王潰散，時間消失了，奇異博士活著走出時間創造的魔幻空間。那麼真實人生的我們呢？

當年看到電影這一段時，我淚流滿面。原來我們的人生都在不斷輪迴及升級打怪呀！

思及我自己的那段青春叛逆時光，似乎只是蹲著、觀察著自己與外界的互動，分不清楚喜歡或討厭，也沒有特別動力去追求成績或感情，不像姊姊們早早找個打怪的對象開始練習。我每天早上乖乖上學，準時回家，上課時人在魂離體，等到被數學老師叫起來羞辱才醒過來。老師說：「你們看這個同學是不是長得很好看？」聽在我耳朵裡，他的意思就是在說我是花瓶、無腦的女生。當下，我被羞辱得低下頭，那年我高三。然而，我並沒有勇氣站起來對抗權威，只能繼續蹲著、觀察著、領會著。

那時高中同學們開始在努力學科的過程中，找個愛情對手來配合身體噴發的青春賀爾蒙，讓課業壓力有個情緒轉移的出口。我曾想過，當被自己暗戀的男同學要求轉情書給另一位女同學時，會是什麼樣的複雜情緒？被要求轉信或帶話的人，是否看到喜歡的人的青春飛揚神采就心滿意足了？當被主動邀請到走廊盡頭、竊竊私語的交代細節，會不會有種「獨占」對方一段時光的快樂？或是滿足了偷窺他人愛情萌芽曖昧時的快感？

那感覺像極了李宗盛的一首歌中唱的：「十七歲女生的溫柔，其實是很那個的。」

我沒問過轉信給我的同學當時什麼感受，只知道每當她提及對方要轉達給我的訊息過程，那眉飛色舞的表情及嘴角上揚的快樂，讓我不忍心說出：「我對他根本沒興趣。」因為這樣會斷了她暗戀的快樂呀！

她的成績一直比我好，很聰明，父母親都是國小老師，很熱情且意見多，而我，則是寡言、臭臉、功課中等的隱形少女，不希望被注意到自己的存在，只希望快快離開令人窒息又枯燥的青春末期。

那時整日，一早出門到校就開始準備早自習的小考複習，教室空氣中瀰漫著一股同學們昨天熬夜苦讀的氣味，而我則選擇晚上十一點上床睡覺，沒讀完的明天早一點再到學校拚一下。怎知，清晨的教室，空氣中布滿小院梔子花的香味兒，勾引著我趴在後窗盯著，如愛人一般的凝視，久久的。我狠狠的吸入它的清香，放空頭腦讓它安靜，嘴角上揚。

直到第二位同學撞入打擾說：「我以為我是第一名到的。」我再次深吸一口氣，轉頭笑一笑就走回座位。他繼續說：「早上的考試我都沒準備，等一下一定完蛋了！」我心想：「我才完蛋了吧！我根本沒讀完。」抱著佛腳的我再多拚一點點吧！但腦子裡滿是梔子花藏在綠葉中的美麗畫面。

同學們愈來愈晚到教室，那股昨夜拚命的熬夜味兒也濃烈了起來，像一罈老酒熏得人昏昏沉沉的。終於迎來了考試，耳邊只傳來振筆疾書的刷刷聲，認真作題像是上了蒸籠一樣，熱氣騰騰的升高了教室的溫度。

那位嘴上說沒準備好、第二名到教室的同學，果然成績第一。現在回想起那時的自己，也沒有聽進去她的「偽低調」、「偽謙虛」，只是看著她自己玩著「扮演」的遊戲。或許，這是她的叛逆，她不想再是爸媽或老師眼中言聽計從的好孩子、好學生，卻又無法完全脫離掌控，於是創造出一個不太用功、沒準備好的角色設定，出現在家裡或教室，讓長輩的期望多點失望的可能，也讓自己有「活出」另一面的空間？

我想到我的姊姊們在離開原生家庭後，也各自精采。

已經成為奶奶的姊姊喜歡含貽弄孫的日子。在她知道自己要升格前，和姊夫商量後，兩人一起去上了保母課，以便迎接家庭新成員的到來。青春期當時的她，所有力量都用在運動、讀書、放假時打工賺錢、分擔父母家計的重擔上。有人愛慕她，她也不動心，相親結婚也是挑個不讓父母擔心的乖孩子。

姊姊愛讀書，也能讀書，在婚姻生活中遇到衝突或難題時，她會選擇去書局找本書看，消消怒氣後，再回去理性的討論。她也不迴避工作給的爛攤子，找方法、找人脈，解決問題的能力和戰鬥力破表。她「活回」自己原來的模樣，就如同她原來獨立、自主、腦子清晰那般。她那顆金剛般的鑽石心，愈活愈發光彩透亮。

似乎，人到暮年就要從「活出自己」，轉換成「活回自己」。

最近與大學同學見面喝咖啡，聊聊人生此階段的迷茫感，似乎好像什麼還沒有完成，想努力卻沒有勁兒。我自己在五十歲之前就正在經歷這種困頓：外在價值似乎也完成大部份——買房、存款養老、得獎、出書、旅行、成立協會、當大學副教授、開小型畫展、創作劇本、導演工作、結婚、離婚、與過往和解，也開始了自我覺察的向內探索之路，還有什麼是自己沒有的？於是開始向內回到自己。

這又是一個大哉問：自己是什麼？我是誰？是不是每一個外在世界的我組成了我之外，還有一個推動著冒險叛逆的內在的我呢？是不是像貓咪會叼一些野外的老鼠、小鳥等禮物回來給屋內主人呢？而主人對於禮物的感覺又是什麼？滿不滿意？還是希望牠叼個花回來？如果不能接受外在回饋的禮物，是不是會空虛、迷茫、不帶勁兒？我自問著。

同學述說著自己的狀況，並且看不見曾經得到的世界回饋的禮物時，我看見的她，卻是一位充滿生活美感的才女，是文字能力極好的編劇，寫了許多好戲，安撫了看戲的觀眾。這些都是禮物，都是餽贈呀！

我與她分享了最近開始種菜的心得。早早得出門搭公車，太陽公公尚未努力工作時，我必須來到小小的開心農場澆水、除草、種新植物，然後收成一些蟲蟲不吃留給我吃的蔬菜。同學聽得心動不已，立馬說要加入。我不疾不徐的勸她慢點，先與我上菜園玩一次再決定。

種菜是一種很深刻的自我對話過程，翻土、播種、施肥、澆水，該做的努力都做了之後，就必須交給老天爺決定了。下雨、刮風、閃電、打雷、日曬，都不是人為可以阻止的，反而必須放下每一份付出就要得到相對回報的期待，不是每一顆種下去的種子都能發芽成長，就像每件事都用心盡力了，也是不能盡如人意。

不抱期待的努力，是很微妙的心理狀態，是要坦然接受大自然擇選後的結果，無論有多少收成都要歡天喜地的感天謝地。往往意想不到的是，大地之母總是慷慨賜予呀！我只是定期上山與植物說說話，讚美它們好棒好美好可愛，它們就肆意綻放來回報我。

連種植物、蔬菜也是一種在家、離家、回家的過程吧，我想。

當種子落入土裡，深埋在暗夜中，等待能量蓄積完備便衝出厚土，離開那令人窒息又充滿壓力的家，露出地表後便享受著大自然的日照、雨水、微風。在植物還不高、不大、不壯時，大自然的挑戰未顯威力，也可能還距離土地很近，仍被保護著；而大自然的挑戰總會到來，日曬、狂風、驟雨等等，一再再的提醒著：扎根深是維繫生存的唯一法寶，因為根深則植活，根淺則植亡。

當我與同學分享著當農婦的心得時，她則說：「人生好像也是如此。」原生家庭給的壓力會讓人想逃離；在外面闖蕩受傷時，還是得看小時候建立的心理素質是否強壯，這與復原時間長短有關，而最終到了我們這個年歲，都要回到原點，接受自己原來的樣子。

這時已不需羨慕別人，包括家中較有成就的兄弟姊妹。因為「老」很公平，大家都會掉牙，會眼睛混濁，會雞皮鶴髮，會骨質疏鬆，沒有一樣逃得了！

是呀！就像植物長在園中，玉米不會羨慕黃瓜，莧菜、地瓜葉各自安好，辣椒、茄子各有色彩，木瓜、地瓜一個天上、一個地底不分軒輊。菜園中的菜葉們，憑著自己的天賦長成自己的樣子，而它們外表看來又高又壯又圓又可口，是在種子時期看不出來的，然而這種子時期卻已準備好成為未來樣貌的所有基本條件，只需在過程中通過大自然的挑戰，就能成為那個在種子時期已準備好的自己。當它成長完成後，接著枯萎凋零，回歸塵土，成為土地養份的一部份，繼續滋養著下一代。

植物最終歸途是回到泥土，化作春泥更護花的一員。而我們，也如大自然循環的一部份，活回自己！

一趟旅程，走出去是為了走回來。

探索自己是誰，也必須先活出自己，接著活回自己吧！

煙花，不易冷

只要一次，就是存在的證明

教育現場如果像極了一朵朵綻放在天空的絕美「煙花」，那麼「百年樹人」就絕不會只是一句古話而已。

前一陣子與好友見面，聊及在臺東均一國際實驗學校的六年教書及學生發展的種種往事。當時週週飛臺東連續十八週的往返，活脫脫體驗空中飛人的生活，而且尚有表演工作在進行。臺東的好天氣、孩子們的純樸笑臉及認真模樣，也像大補帖般為我忙碌的生活熨貼著起伏煩躁的心。

為何用「煙花」來形容教育？煙花的製造過程是複雜的，有各種科學知識、熱化學反應，從中產生熱、光、氣、煙及聲音、畫面等等，像極了老師在教學現場必須燃起學生們的學習熱情。在朝著理想目標勇敢前進，在未來的路上發光發熱，而沿途的加油聲終會在學生們奔向遠大未來時逐漸變弱，終至無需聽見。

老師看著學生們星火般的速度變化成長，也像極了煙花落下的殘餘灰燼落在心底。見過他們求學路上綻放煙花的老師們，必須繼續面對下一批又一批的同學，當然，也有啞巴的煙花無法在天空發光，但也可以成為自己生命的仙女棒呀！身為老師角色的我如是想著。

我也常常想起那些曾經相遇的學生們，不知他們是否都安好？不期而遇時，他們會不會像我一樣害羞，躲藏在某些遮蔽物或人的後面？

其實我本底是害怕與人太靠近的。習慣坐大眾交通工具的我，總帶著一本書讓目光不會四處飄移，安住在書頁上讓心魂保持平穩呼吸。有一次，在人潮不擁擠的時段，悠悠的時光，我坐上了捷運。人潮稀少的捷運車廂，除了可以自選座位之外，更多的時候是可以聽見車子啟動及到站的種種聲音。坐在車廂內看著外面的風景猶如一部風景電影，沿路的景致也因天候不同，像是心情預告板公告著今日心情：晴、陰或雨。

而這天從淡水往城市中心出發，雨天，窗外每一顆雨珠在快速行駛的車窗玻璃上，形成一條條雨痕，水珠尚未成形前就被吹成平面，留下一行行的足跡。「玻璃上都是旅人未流出的淚痕嗎？」心想至此，突然一聲「老師」將我喚回現實。

「我是鐘小晴。」她說：「你記得我嗎？北投新民國中……」還未等她說完，我立刻回她說：「記得呀！」

想起二〇〇〇年那時，我應某基金會邀請到北投新民國中為後段班孩子們上戲劇課。所謂「後段班」同學，大多是在學校學習成績不如社會認知的成功那般，就被集合在一起，以程度差不多為理由編成一班，以免打擾可以考上高中的同學。

我自己讀書時，一直活在戰戰兢兢的中段班中間排名，完全不用承擔前段班升學戰力值，也沒有後段班遭受他人冷落的目光及對待，只有自己與自己的小實驗：這次考試想進前三名的小約定。努力讀了一陣子，果然考了第三名，證明自己不笨，就又恢復到中間前面一點的名次。而對於即將面對的新民國中同學們，那份對自己的鬆弛不強迫的心態，我懂的！

當時的第一堂課，有些學生早早到了教室，有些學生尚未出現。秉持著對準時到班同學們的尊重，時間一到就開始戲劇課的第一件重要活動：暖身。我帶著同學們運用音樂配合肢體動作，他們的心也暖開了花一般，玩得不亦樂乎。

姍姍來遲的同學有些立刻加入，有些則保持繼續對抗的態度，進教室就躺下睡覺。我在心中開始唸經：「不生氣、不生氣，生起氣來要人命，罵起人來會後悔。」他們只是孩子，對抗的是「權威」，而我不是「權威」，是他們的朋友；朋友就可以接受朋友用各種方式待在同一個空間，不干涉也不打擾，但仍繼續邀請他們參與活動及遊戲練習。

就這樣在心中默默唸經，直到一堂一堂課睡覺的同學已經少到不好意思繼續裝睡，被同儕拉起來一起玩故事遊戲。一朵朵小煙花開在課堂，最後上臺呈現時，雖然只有我看見，但，夠美也夠炫酷。

表演生活日誌，是我與孩子們聯繫的紙上因緣。

或許，學校已經不在乎他們的學業，然而學業並不等同於他們的人生、未來及價值呀！

「寫幾個字吧！寫給我看，我一定也會回應你們。」這句話開啟了我看日誌的早晨。他們一字一句說著生活中的感覺、小小的發現與自己的內心話，我也一一回應著。

通常我寫的字數比他們多了好幾倍，寫著他們的好與進步。而有一位特殊的像小男生的女生，有嚴重的全身異位性皮膚炎，有時沒出現，而出現時一定會補上作業。她的作業令人印象深刻，述說著自己對人群的敏感與必須很乾淨的食物才能吃，不然全身會奇癢無比。她還貼心的說明自己上課沒出現，不是出去鬼混，而是在家釘釘子、鋸木頭、做小櫃子。理解了她的狀況，也感謝她讓我知道課程很有趣，她很喜歡。此時，我心中放起了一朵又一朵的煙花，當然，自己是唯一的一位觀眾。

「早晨我都會提早在漢堡王吃早餐、做功課，如果你想要聊聊天，可以來。」我們於是開啟了早餐話療的旅程，各自點了一杯飲料，說著過去一星期發生有趣的事，她連父母吵架都跟我說了。然後我們就一路散步去學校，進行當天的戲劇課程。

這樣美好的一週一次早餐約會，就一直持續到學期結束。

在某一次早餐話療中，她提及自己會去參加臺北榮總日間留院上課。「日間留院」是什麼？我也是第一次聽到。原來是對那些無法在學校正常學習的孩子開闢一個安全又充滿藝術活動的空間，讓孩子們在心緒平穩之後再回歸學校，繼續「正常」學習。

一群高敏感的孩子在一般學校受挫後，來到修復的微型學校，是個讓同類人相聚、彼此可以得到支持的場域。她變得快樂與自信，讓日間留院的社工感到好奇，於是我就開始了與日間留院這群有趣又充滿不確定性的孩子們相遇的旅程。

非體制內的教育我不明白，只是依照自我心行設計課程。在實驗學校尚未成為教育改革熱潮前，這些孩子們已經存在了。以前少數的我們發展了隱身術，學習配合，不顯身份，有種哈利波特之妙麗隱藏人間之感。而現在妙麗的人數多到「正常學校」容納不了，於是各式「實驗學校」山頭林立，像極魔法學校召喚著屬於自己校風的靈魂。如果實驗學校與一般學校漸漸比例相近，那麼誰才是「正常」的學校呢？

在特殊的時期相遇，必定會有妙不可言的經驗。

我講話，他講話；我停，他也停。他就坐在我的左後方，距離很近，聲音很清晰又大聲，直到我被干擾到無法繼續上課。深吸一口氣的我，緩緩轉過身微笑看著他，他不好意思低下頭。

我說：「我想聽你說話，你慢慢說。」

他睜大雙眼看著我，一臉疑問，似乎在說：「你為什麼不生氣，也不叫我閉嘴，反而要聽我說話？」他是個子小小的男生，很帥，穿著很整齊。

他問：「老師，你為什麼會來這裡？」

我說：「你說的這裡是指日間留院，還是地球？」

他愣了一下說：「都有。」

我說：「因為這樣才能遇見你們。」好狡猾的回答，也很直覺及真心。

從此，上課時再也沒有我說他講的狀況發生，他依然靠我很近的坐著。之後，他離開這兒回歸一般學校，繼續生活學習。我也不確定他真正發生了什麼內在變化，可能是他講我聽吧！

回到眼前這位捷運上的同學，我問了她的近況。她正準備去澳洲學習芳療，成為一位有證照的精油芳療師。她原本國中畢業就不打算升學，要回家照顧父親的麵店，如今則為成為芳療師而努力。一股暖暖的熱，從我心底燃起一朵煙花。

「謝謝你成為美好的樣子。」我在心中默默的說著。

●●●

二〇一一年三月十日，我參加一個在萬里海邊的課程，進行至第二天就傳來日本福島大地震的消息，因為活動在海邊，主辦單位立刻移師陽明山，並且一群人一起禱告。活動告一段落時，有位朋友悄悄走到我身邊說：「阿卉向你問好。」

天哪，我記得她，那個新民國中早餐話療的孩子。

緣份就是這麼不可思議的牽上了線。國中時期愛木工手作的她，在那一學期的課程後，我們就失去了聯絡，各自安好的生活著。在臉書、手機不發達的時代，要保持關心是困難的，只能學著相遇時珍惜時光，結束後信任人生可以勇敢向前。但因為不擔心，花開花落終有時的依照四季循環著信任。而那個全身紅疹的女孩，如今長大成為景觀設計師，也有自己的小品牌，並且同時從事服務特殊孩子的美術教育工作。是不是在她心中腦海也看得見那一朵朵隱形的美麗煙花呢？我不知道，但也無需追究吧！

就如同在我生命中相遇的老師們，他們在我身上影響的點點滴滴，未曾居功也未曾占有，這或許就是教育的本質。

老師們是藝術家，每一位孩子都是不同材質的素材，必須用心看見，給予適當的引導，但，在「正常」的學校體制中，許多同學被放在難教導的「廢材」區，沒有被特別雕塑。而我選擇了去升學區的廢材區，找到一份屬於自己的「自由」，儘量不製造火花打擾別人，避免引起注目，這是我在高中以前的學習心態。直到我進入藝術學院，學到了尊重及釋放。

「藝術是生命之必需呀！」我在心中大聲吶喊著。

⋮

「老師！」在某次工作現場又再次響起一聲。

她是錄音師，小小的個子，走路因為大腿後的肌肉緊繃顯得搖晃，笑咪咪的臉上有兩個深深的酒窩。

「你還記得我嗎？我是ＸＸ中學的學生。」當然記得，而且印象深刻！

二〇〇一年，藝術與人文領域課程剛準備進入校園，一些因緣具足後，我成了她學校的「駐校藝術家」，韋瓦第的《四季》是我主要的課綱，於是戲劇與音樂相遇在同學的表演舞臺上。

四十多位同學分成春夏秋冬，在音樂流轉中，如同季節的齒輪轉動著；音樂停在不同季節，同學們就表演出一段排練過的季節故事，而當音樂響起，故事無論有無演完，就必須停止，然後又配合季節輪轉前進。

雖然「小草」同學的腿腳不方便，但她努力認真又開朗的個性，完全不用特殊待遇同情她，這是給她最棒的尊重。

一年駐校藝術家的經驗是非常寶貴的時光。當時我一邊教學，一邊繼續表演，並將表演經驗整理成可以在教育現場有邏輯的應用與表達，看看教學法能如何運用在藝術教育上。果真應驗了「教學相長」對於以實務經驗為主體的表演工作者是很重要的過程呀！

若問何時相遇是最好的時節？是天氣晴朗風光明媚？或是月滿西樓日暮黃昏？還是在寒冬臘月待春暖？花若未開君已待？流水逝時香撲鼻？都是好時節吧！

壯年時期的自己像個勤懇的農夫，在教學的那畝田中，認真對待著每一株小苗，學著辨認不同品種間的差異與需要。我們在彼此陪伴中，漸漸長成自己喜歡的樣子。

在工作場域與曾經的學生相遇，是最美好的一種體驗，而且機會愈來愈多。有些是表演者，有些是工作者，有些是在演講場合的主辦單位，而有些是街上或大眾交通工具上遇見的彼此。有時原本的師生關係變成了工作夥伴或朋友，沒有上下尊卑的階級，也少了場域頭銜帶來的距離感，有的只是再次相遇的親切熟稔，是專業人士間互相尊重的平等心。之後都成了忘年之交的朋友，相遇熱情、告別珍惜呀！

故人西辭黃鶴樓，煙花三月下揚州；
孤帆遠影碧空盡，唯見長江天際流。

以李白詩〈黃鶴樓送孟浩然之廣陵〉，來記錄那些年、那些人、那些事的我們。

流浪者之歌

習慣變動

有一種流浪是在工作場域中流浪，是在都市中因工作需要而逐水草而居的遊牧族群。

看著《蘭陵四十——演員實驗教室》的紀錄片，笑著笑著就哭了，而且哭的點不是劇情，而是時間在演員身上鬼斧神工的刻痕；笑的是沒道理的堅持，那份傻勁兒酸楚中帶著甜。總覺得這群人內在的瘋狂、離經叛道像極了吉普賽人，那些自由又癲狂的表達才能安撫內在那顆心律不整的心。

如果不流浪，他們能去哪兒安放生命？

在表演世界裡，常常與已成熟

的他們相遇，也是多項獎項傍身的重要表演藝術家，看著他們臉上因生命歷練造成的歲月痕跡，想著自己也是如此走過一場又一場的演出，一個劇場又一個劇場，在一齣戲又一齣戲中流浪著，似乎一直無法安定駐足於某一個定點，活脫脫的一個吉普賽生活呀！吉普賽人四處流浪遷徙，有點神祕，居無定所，不事生產，不耕不織，沒有固定工作單位，會唱歌跳舞、街頭雜耍，甚至被視為「小偷」和騙子，他們的生活普遍艱苦，卻熱情的追求自由。除了「小偷、騙子」與我們認知不同外，其他的形容幾乎一致呀！

之前讀藝術學院，學校在蘆洲，於是在學校附近租屋，一住就住到畢業之後。

傻傻的繼續在劇場工作，必須選擇留在學生價的房子裡居住。在網路不發達、自媒體尚未出現的一九八九年，生活得簡單而樸拙，心思則全用在工作上；而留在簡陋學生租屋處生活，似乎也是見證愛表演的一種行動。

《牯嶺街少年殺人事件》開拍期，正好是我尚住蘆洲的日子，常往返於拍攝地與住處之間。半夜時，計程車從臺北開往蘆洲，疲憊的自己根本沒有考慮安全與否，一路睡到住處，才被司機先生溫柔喚醒。那是一九九〇年的安全世界。

後來希望工作方便，移動到金華街附近居住，與好友共同分租是青春日常之必然。朋友為了出國準備托福考試，而我則繼續留在電影工作的後製細節行政中，過些與表演無關的生活，著實有著強烈的無聊感，但也催眠自己：可以藉此觀察生活、記錄日常與人物變化等等。

可是遲遲沒有表演的機會，雖然每月都有月薪進帳，仍然無法滿足那顆不安的心，於是流浪移居再度開啟。

方便移動的最高指導原則是什麼呢？少買大型家具與裝飾品（包括衣物、鞋子、化妝品等）。

於是我只有單人床墊一張、書桌椅子一組、達新牌塑膠衣櫃一個、檯燈一盞、書幾箱、衣服和鞋子簡單一袋。

後來，又從金華街搬到內湖，也是與朋友分租房間。民心劇場在民生社區，而內湖租屋處只需過一個民權大橋，就可以到達工作的場域。再次逐水草而居。

朋友非常會布置房間，任何美麗的牆面、充滿樂趣的角落都是她的巧思，這個天份我完全沒有，滿心滿眼全放在每個月都有演出的角色上。那是生活美感極差的時期，像尚未有主軸的蔓藤依附在他人美感中生存著。

那時一年有八齣小戲。有改編自傳統戲曲的《非三岔口》，是一齣穿越戲，講一位古代官差穿越到現代捉壞人，是二十多年前的超前故事呀！也有日本狂言在現代劇場以傳統戲曲身段完成的肢體為主的表演，更有一個人的單人秀——《房間裡的衣櫃》。

各種形式內容的社區劇場演出，小小的空間也可以放進八十多位觀眾，甚至邀請了巴西女演員來演出 one woman show，真好看，在沒機會出國開眼界的那時候，世界被邀請到自己小小的宇宙中，開拓了視野。

我還記得巴西女演員有著整頭銀白短髮、大大的眼睛、深邃的棕褐色眼瞳、身形健美、臉部線條控制自如。再誇張的表演在她演繹下，似乎說著更深層的抗議及悲傷。

我擔任的工作是燈光執行，藏身在小小的夾層燈控密室中，卻可以俯視著客廳般的小劇場，欣賞她的練習及準備。演出前她不吃太多食物，只吃兩片白吐司，但她的表演是極大量的肢體活動。兩片吐司如何支撐她演完六十分鐘呢？

這時我才懂得傳統戲曲裡的一句老話：「飽吹餓唱。」樂手們一定要吃飽才能上臺吹奏，而戲曲演員則是必須有微微飢餓感，不然臺上氣一提起、準備開唱時，滿口腔都是晚餐食物的味道，頓時會出戲忘詞吧！這位巴西女演員應是國際流浪者，因此可以在全世界遷徙吧？

民心劇場的一年，豐盛了表演的心魂，然而無法賺錢的單位，終究如無法成長的大樹，必須剷平。我告別了一年被月薪照顧的日子，在移動到下一個綠洲前，給了自己一份充滿儀式感的行動——巴黎之旅。

第一桶金的金額不論大小，都會讓人思考「錢」的意義及價值。有人會存起來當成母錢，去投資，或是希望愈賺愈多可以往發家致富、買個小窩的路上挺進；有些人可能買個小禮物犒賞自己；也有些人根本沒有感覺到「錢」是現實生活之必須。

如我，買了張巴黎的來回機票，待了兩個多星期，與朋友三人就出發流浪去了。一九九三年左右的青春少年家，勇闖天涯！

逛美術館、喝咖啡，是每天的行程。簡單自製法棍夾番茄片外加一瓶水就出門，沒錢但有的是好奇心及體力，努力吸吮著藝術之都的美感，而且是不突顯的在生活中體現。

那時看到街上孩童們的衣著，每一位在色彩搭配上如此和諧，每一位都像街拍的模特兒。每一扇門都有百年歷史，卻仍然是生活中的大門，如同百年前一般打造出這充滿歷史感的城市。而這裡的人們很鬆弛，對我這位島嶼的女孩兒而言，充滿文化衝擊。或許這就是人生流浪之必須吧！

不抽菸的我，看著一位媽媽在地下道出口，逆著光，一手推嬰兒車，一手拿著菸，那剪影煞是好看，優雅又從容，自在又放鬆，似乎法國女人天生適合抽菸一般。自己的成見邊界在那一瞬被釋放了！

各式大門在夜間打上一盞盞燈，橋也是，整個巴黎像是繁星點點的夜空，因歷史美感而閃閃發光。甚至為了一部電影蓋一座新橋，電影殺青後，新橋就送給巴黎，成為永遠的紀念品。《新橋戀人》就是在巴黎的電影院看的，每一張座椅都寬大舒服，不擁擠的觀影空間，又集體又獨立不打擾的設計，真人性。全法語沒字幕，仍然可看懂，或許這就是法國電影可以一直存在的原因吧！真的好會說故事，說一個人性的故事，說一個放諸四海皆準的關於愛為何物的故事。

或許臺灣的體質很吉普賽、很游牧民族性格吧！每拍一齣戲，就要拆除建設。像《天橋上的魔術師》中的中華商場重建工程，在拍攝結束後因租約等不明原因必須提前拆除。可是歷史美感是一點一滴涓滴成海的呀！就因需要不斷拆遷移動，必須輕裝簡從，方便重新開始。但一直重新開始好嗎？我經常自問，卻沒有答案。

接著遷徙日子又來到。

離開內湖居所，離開了一年的民心劇場，移動來到永和。此時的果陀劇團剛好在中正橋靠永和這一邊，而綠光劇團則在中正橋重慶南路那一頭。我在此階段則有種唱著「我住長江頭，君住長江尾。日日思君不見君，共飲長江水」的感覺。

又再一次逐工作場域而居的生活呀！工作就是水草，足以養活溫飽自己的生活，大眾交通工具就是移動的好坐騎。沒能力買車也不願騎摩托車的年紀，養成了認真認識臺北各路線公車的能力；如何搭最快到達的班車，又如何轉乘省時又省力的公車，是每換一次居住地必須先做的研究功課。我自封為「公車天后」，尤其在捷運尚未起用的年代，是生活之必須。二二五線是蘆洲到臺北，二六二是中和到臺北，二七八是內湖到臺北……等等，至今號碼依舊，路線不變。偶而，現在的自己坐上這幾線公車時，會有一種時光穿越回過去的魔幻感。

現時家中擺設仍然簡單，似乎是為下一次搬家的來臨一直在做準備；即便有需要增加也會考慮再三，總以輕盈、便於搬遷為前提才下手購買。

Nomad 是游牧民族的意思，原來我一直將自己活成了游牧者。

…

一九九七年進入婚姻，定格在中和居住，工作場域則活躍於綠光劇團及屏風表演班。

家庭生活是非常不同於以往八年的流浪日子，從單獨個體成為群體的關係，必須學著面對想獨處的渴望及衝動，讓心跳平緩少波瀾，安靜的成為他人眼中的好人。

工作仍然如常進行，也找到了方便移動的公車，而為何每次出門都會心跳加速，充滿力量，而排練完回家則心跳速度立刻下降、呼吸沉重呢？可能是血液中的流浪基因在作祟吧！

沒有歸屬感，是一種很難言明的困境。那段時間，為自己創造了一個能量蒙古包，一旦躲在其中，誰也進不來。藏身其中很安全，但自己的舒服卻造成了他人的不適。我那時不明白，只想著表演者的單獨及自我，不允許被打擾，即使想辦法述說，仍然不被理解的持續了近四年；仍然學不會需要獨處及不被打擾是可以縮小一些、放下一部份的。

二〇〇一年，我走出了婚姻，再度回到自己的舒適區，那獨來獨往的獨行俠日常。

在婚姻中是不容易的，離開婚姻亦然；雖然有種鬆了一口氣的感覺，卻也有著某種空虛感。人真的很有意思——得也苦，不得也苦。

從中和搬到暖暖的朋友母親家。她是一位溫柔有智慧的長者，每天煮著新鮮的水泡茶，聊天時會看著一扇扇窗外的景色說道：「像不像一幅幅山水畫？而且會因季節、天候改變畫面。」出神的我突然被拉回現實，欣賞著現實中的美。

溫柔的長者從不問我關於離開婚姻的種種緣由，只是陪伴我說話，聊著她自己的人生境遇。在她口中沒有壞人，雖然，她的婚姻也有困境。「分手，口不出惡言。」這句話我銘記在心。

心裡的大洞稍稍被填補了一點。三個星期後，我再度搬家，也是朋友愛的陪伴。這次是搬到一〇一大樓尚未蓋好前的對面大廈中，過了兩個月，也似乎恢復了一些單獨生活的能力後，再次搬到六堵的幸福華城，朋友閒置的空屋。

這裡真是家徒四壁，空蕩蕩的白。我也是在那時才能梳理自己在婚姻中的種種。不斷的移動，也不易累積，而在空無一物的房子裡買了張床、簡易梳妝檯，就這樣微微的安住下來。

同學得知我的狀況，她也正好要搬家，將義大利進口沙發讓我搬進屋內。有點家的感覺了，客廳因此有了份量。另一位收集古董家具的朋友說他收藏的物件太多，沒地方放，於是我的書房就有了明朝古董桌椅一套，暫放到我離開即可。

人在低潮時，好多愛才有機會湧現，有損傷、有裂痕的人生，才能上色，才是精彩的人生吧！

一年搬了三次居住地，或許是自己有著無可救藥、遊牧的流浪基因，不只是在各個劇團流浪，也在不同的區域流動著。

不明白自己的勇氣及力量從何而來，並不畏懼改變，反而不適應不變動。坐火車來回臺北和六堵間，是一種漫遊的生活，簡單的只有工作，有趣的是，那時春禾劇團正好在臺北車站附近，又再一次符合遊牧者逐水草而居的習性。

接著搬回中和的日子，就進入了電視劇充滿強度的十年。這十年中我竟然也搬家三次，從中和搬到民權西路，再搬到新店中央新村，接著搬進自己買的小窩——在重慶南路上。

買窩時我已經五十歲了。或許，不敢想、不能想也不願多想的日子太長了，於是，對於居所在心中根本沒有位置。當開始要為自己的房子裝潢打扮時，心裡真的沒有一點譜。

以前的住處都是租用的，所以無需打扮，原本有什麼就用什麼，除非不夠，真的需要增添才會思考再三後購買；此時的考慮已不同於劇場時口袋窘迫的境況，可以買些好的家具，於是，愛上了古董家具的厚重感，仿製的價格也很不便宜。但就我的理財觀點來看，肯定錢是要花在刀口上。

有了屬於自己的「家」，是一種不再需要流浪生活的宣言。可以擁有設計裝扮權，可以擁有添加家具權，可以睡到自然醒，可以免於沒有晨昏定省、做早午晚餐及一起陪看電視或聊天的不安及恐懼。可以完整自己，為自己負起人生全部責任。洗碗槽可以堆著碗，想洗才洗，衣服也是。一日三餐是誰規定的？為什麼不可以想吃才吃？不想在家吃，就出去找朋友吃。原來「家」真的讓人很有底氣呀！

或許，在居所的部份不用再移動，但內心的吉普賽人，仍然存在著。

最近又有種想搬家移動的感覺在心中搔癢著，也不知下一站又會移動到哪兒去？

我的恐怖份子

愈簡單愈可怕

人真的需要長大嗎？何時才會長大？長大是不是就是變老？就像電影《一一》中的洋洋說自己已經很老了，但他才七歲吧！

只要繼續長大，意味著更接近死亡。

一九八三年有位心理學家提出了「彼得潘症候群」，而且專指男性，不想長大的男孩兒們，當然，現代的資深女孩兒們也在其中了。

「彼得潘」指的是一群人雖然已經成年，卻不具備應對成人世界的能力，無法承擔成年人應有的責任，並且認為他人對自己的愛是理所當然的，卻不願意以同樣的愛回報別人。「自私」這個詞不太會被用在孩子身上，卻會用在漸漸社會化但又夠社會化的我們。

而我自己是何時長大的？又是何時意識到必須長大？

我是慢慢長大的吧！

高中以前沒有離開過家，即使過夜也是因團隊活動夜宿學校。父母也非常放心的看著花樣少女時代的我出門及回家。而且那時沒有外送服務，也沒有超商及速食店，早餐在家吃，中午在學校吃自己帶的便當，晚上回家吃。通常早餐會是稀飯、饅頭加蛋，偶爾媽媽會買燒餅加油條，豆漿則放在鍋裡熱騰騰的冒著煙，午餐便當是前一天晚上先裝好放在冰箱，有肉有青菜，偶爾加顆蛋。

「吃」是與母親最深的連結，一秒回童年。而我以為我有乳糖不耐症，對所有乳製品都很排斥，大家都說好吃的蛋糕、甜點，對我而言，只要聞到黃油味就再也不會與它在口腔內相遇，當然對起司類也是搖頭。我是個好飯友，但也是挑剔的飯友，朋友愛約著一同享受美食，一定會找不牛不奶可選擇的餐廳。我還獨愛各式辣椒，只要放入食物中，立刻快樂了起來。出國演出對我來說最大的考驗，就是老外似乎無奶不歡，但，我愛歐洲大麵包，只要不加奶油，即可再來一杯熱咖啡；沙拉一小碟，只缺辣味提鮮了。

從飯食中反應了內在那個小孩是多麼渴望與母親連結呀！

離家、外出居住是在讀大學時期，這也開啟了自己連續搬家的人生。

離家，是必須開始學著照顧自己。此時才明白以前的日子真的是飯菜有人煮，衣物有人洗，錢錢有得花，不知人間苦。只要能快樂出門上學，平安回家，父母基本上就不太干預我們。直到愛情來敲門，也敲到了父母親那根緊張的心弦上。

「愛情」是人生必要的練習題，我那時選了一個對象，他的父親會幫母親縫合傷口，而這卻是因他父親多疑造成的刀傷。當時，我親愛的爹娘是多麼不安與恐懼呀！只聽從自己的我，耳朵如銅牆鐵壁般厚實，怎麼勸都聽不見，我母親也是了解自己的孩子，執拗不過就讓孩子去撞牆吧！學不會就等著被教訓吧！這個犯傻勁兒，就是我長不大的外顯行為，而這個行為也如父母所言，必然受到教訓了。

他的父親有精神疾病，我父母見證過，但，我不聽老人言，必然要被漸漸長大。本來以為自己可以是例外，以為可以改變他人的命運，卻因一場約會暴力結束這第一段「愛情」。過程不順利，所以，長大也不順利。

離家就是驗證成長程度的刻度。離家愈久，愈不犯傻，就愈成長。

「愛情列車」是會相撞的，當A列車遇見B列車，本來相安無事，因不信任，只能跳上B列車快速離開自保，也因匆匆跳上B列車，不清楚B列車是否適合自己，於是儘量配合著生活，將對方的喜歡變成自己的喜歡，將對方的行動也成為自己的行動，一種如同影子般的生活於焉展開。影子不用想，只需配合，就有好吃、好喝、好玩的貴婦生活，完全可以「寄生」在主體上。

用「寄生」形容，是後來發現自己當時一直想醒過來。在關係中一直犯傻是不行的，例如總被質疑曬襪子為何是左左、右右夾在一起，因為他同一天穿了兩隻左腳的襪子，難受了一天。但我想說全是白色襪子，要特別分辨左右腳，真的很浪費時間。

或許，就是內在的那個我要醒了，想多留些時間給自己，也或許只要拿襪子時，他多留意一下就可以左右腳都有了呀！或許是意識到彼此的時間一樣寶貴吧，我從那時就知道自己不再是傻白甜了。心裡的恐怖份子醒來，就再也無法強迫它裝睡。我的心漸行漸遠，而肉身仍留在原地，直到被稱之為「兵變」的時刻到來。

他去當兵了，我有種不用再裝傻的輕鬆。那時正好是拍攝《牯嶺街少年殺人事件》的前期小演員訓練，沒時間思考，也沒時間思念。但，當兵的人總是有許多內心小劇場，找遍了各種原因，最終只能用「兵變」總結了這段「愛情」。

想起了那些傻氣的行為，只有在「愛情」中才可能有的摩托車環島之旅，大二就完成了。擁有青春才能夠在屏東的颱風中勇敢向前衝，即使每一滴雨像玻璃刮在臉上，仍然笑開了嘴，吞入一條條雨珠串成的線，似乎將這份深刻也印入心底無法遺忘。很羨慕青春狂躁的靈魂呀！

人，不可能一直待在某一個階段，縱使想保持傻傻的，環境、人世境遇都會推著生命往前。必須忘記之前被照顧、吃好喝好、有人載進載出的好日子；腦子必須被刺激，重新學習煮飯給自己吃，學著認識公車路線，包包裡必備雨傘、外套、水杯（後來是水壺）、筆記本、行事曆、文具盒等等，有用沒用都要帶齊。當時的包包大到像是放了幾塊磚頭似的，排練還要帶劇本、排練鞋，教書時打節奏的鼓、學生的作業，又是另一個行囊。我有時像是單峰駱駝，大部份是雙峰。

雙腳就是最常使用的交通工具，不想麻煩他人，其實也沒有他人可以麻煩。那段時間，專心工作，為生存打拚，必須教兩個學校的表演課才繳得出房租，這樣持續了四年。為了可以持續表演工作，又不能只依賴演出費，所以現在所謂的斜槓人生，是我當時的日常。留在劇場工作是為了什麼？要錢沒錢，要名沒名。是理想嗎？等待一個現在可見的未來嗎？其實，都不是，只是傻病上身。

我也上過班，曾在電腦公司當業務助理，我也想有一份正式職業讓父母安心，但，三天就放下了。第一，電腦語言完全不懂；第二，除了臺詞之外，我根本不會話術；第三，太過誠實，很不會隱藏不耐煩的情緒。於是，既然聰明不了，就回到可以允許自己傻氣堅持的地方——劇場吧！

•••

《都是當兵惹的禍》是一九九五年綠光劇團演出的音樂舞臺劇，改編自元雜劇《秋胡戲妻》。在一九九六年，迎來了新加坡藝術節演出的機會。這是一個可以證明自己不傻的一步。新加坡演出時，臺灣的好友們組團去看，是多麼棒的友誼呀！怎料演完之後，前夫跳上舞臺求婚，充滿驚嚇的我就發生了生命中的驚天一跳，直接跳進舞臺側邊翼幕躲起來。尷尬了許久，我才從側邊舞臺走出來說：「可以不要這麼突然嗎？」

我發現自己真的不喜歡「驚喜」，但，「它」並沒有放過我。

從新加坡藝術節回來時，父親到機場接我，他真的老了，背駝了，頭髮更白了，甚至顏面神經因拔牙而受傷。我在機場看見他老人家，真是必須壓抑住心中的驚嚇。回家後，得知母親身體更加脆弱，父親也是心力憔悴，內在冒出個小小聲音說：「我必須為他們做些什麼？」我決定將「自我」收起來。

有人說過：「結婚結婚，就是要頭發昏。」體驗了昏頭的三年、傻氣的三年，終於還是要「醒來」！我喜歡婚姻中的有燈亮、有熱的飯菜、有人說話，但是劇場表演工作都在假日，排練也在夜間為主；他人的放假日，就是劇場演出時。縱使體諒包容我的工作性質，時間卻總包裹著壓力炸彈，終究要「醒來」。

離家續曲再次響起。我有因此而長大一點嗎？是這個時機點嗎？是不是得要幸福美滿才能免於長大的辛苦？

揹著行囊走天涯，離開了解體的婚姻。在婚姻中沒有的，就自己創造吧！心中的小聲音再次說著，也開啟了我大量心靈雞湯探索心靈之路。

當時走得瀟「傻」，沒有帶走一分一毫，甚至書籍、衣物等跟著自己搬了十多次家的家當不多，好在因為不確定婚姻能走多久，所以沒有大買特買，而且當初是拎包住進前夫家，所以也沒有對「起家」付出太多。這真的是家中排行么女的心態，我吃熱騰騰的飯、睡暖洋洋曬過太陽的被褥習慣了，長不太大的內在小孩很快就露餡了。

知道自己內在有個恐怖份子，如何與之相處是我人生的課題。恐怖份子的孩子氣、任性自我但又自由創意，該如何找到平衡？要如何成為有才華創作的狀態，而非如猛獸出閘咬傷無辜路人？

保持平靜不驚擾「它」，似乎是我目前的方法。我也覺察到「它」逐漸有些成長，只對某些事物會有反應，例如愛情、自尊、不公平、權威等等。樹木會一直長大，長成千年大樹必定經歷過颱風、大雨、地震，甚至火燒，而那個保持成長內在的「木心」，得要多麼強壯、任性、堅韌才能不死去？而自己是否也持續願意放下層層疊疊的外在、舊有的習慣或制約，或是所謂的社會價值觀定義的成功？是否願意接受「本心」單純的成長力量，接受改變，順隨生命的因緣？能否不回頭看那些曾經的風光，或總是思考著一直有戲拍的日子最適合自己？是否覺得歲月靜好代表沒活力？還是想要向前衝、往前擠的刷存在感或被需要？

中年阿姨的我，內在小孩已不似以前那般生猛，但尚存一息。以前是靠外境的刺激剝落舊習，保持成長，好讓自己感覺到活著。

總是利用搬家、工作場域轉換、與不同的夥伴相遇，進入一段關係，又離開一段關係，在一個修羅場又接著一個修羅場中，覺察自己是誰，去認識一個可能較接近的「我」吧！

再回頭來問問：人需要長大嗎？何時才是長大？有停止的時候嗎？是結婚時？生孩子時？離家獨立生活時？還是父母離世時？或是摯友突然過世？自己生病？受傷後？離婚時？被家暴後？第一次領薪水？最後一位親人入土？

以上都有可能是長大的契機點，但，所有生命體都無法單獨存在，總是互相依戀著彼此，有人老就有人小，有新芽就有老枝，彼此支持著彼此。而自己本身的小宇宙亦然，有許多童稚純真的生命力，建構在願意放下逐漸養成的習慣及一個個被建立出來的舒適區。當一次又一次放下後，才能再次找到活著與創造的憧憬與衝動。

或許，並未有真正的長大成熟，只有好像不那麼傻氣一點。不再犯傻的人，會不會也少了一種傻傻有人愛的機會？

傻氣是最大的福氣，因為，老天都準備好了，不用再費勁兒或較勁兒的活著吧！

PART 3

剛剛好的後青春

就如我在四十歲離開婚姻後，似乎活出了另一個人生，
而今再二十年後的現在，
似乎更有一個高我的神的視野看著自己每天的日常，
編寫著全新的人生劇本，並且導演著每日的演出。
非常微妙，也非常樸實……

這樣，好嗎？

焦慮不焦慮

最近的自己好嗎？我自問。

大量的閒散時光，一點都不積極尋找拍戲的可能。看著演員朋友們一個個有作品推出，我卻搞了一個菜園，開始晴耕雨讀的日子，過起面朝黃土背朝天的農婦生活。

農婦初期完全忘記防曬，朋友看不下去，立刻網購了兩件全身防曬農婦裝給我，並提醒我：「你是女明星唉！怎麼這麼不知道保養自己？這樣曬臉會皺、皮會鬆。」

我心想：「可是我又不是女明星，我是演員好嗎？」但再想想，凡是人都需要防禦紫外線曬傷吧。我欣然接受了禮物，一白一綠，綠色穿起來像黃瓜，白色穿起來像杜拜公主（老的那種）。我的朋友都很幽默呀，你送得認真，我穿得開心。

首穿日是在蘇芮颱風來的前一天，這套裝長得像雨衣卻不防水，像風衣卻緊邦邦的貼在身上；至於防曬功能沒能測試出來，因為那天是陰天。

颱風來臨時的陽明山，特別美麗。樹梢的水珠成串滴落在大型蜘蛛網上，像是一顆顆透明珠子閃著光；天空被無雲的灰色布滿，綠色顯得更翠了。我站在大如傘的姑婆芋旁，等待著下山的公車，風呼呼的吹過，雨絲混在風中，偶爾滴落在我一身綠能防曬衣上。

「喔！原來這衣服會吸水。」一陣涼一陣溼的被雨水打著的我，看著馬路兩邊完全沒有車子經過。難道我穿越了嗎？我進入了宮崎駿的動畫《龍貓》的世界中嗎？那龍貓公車何時會來？

雨勢開始變大，將我拉回現實世界，煩惱也隨之而來。我一直用手機反覆確認「台北等公車」的訊息，心想不妙，而且訊息上標示的時間完全看不懂。我想這是一個魔幻空間，沒有人、沒有車、沒有時間，超級詭異的。還是走下山吧！邊走邊一步三回頭，想再次確認有沒有公車來，但，仍然寂靜無息，只有颱風呼呼呼的吹！

我往山下走，一直走，一直走，終於對面迎來一輛計程車。天啊！龍貓計程車出現了！眼神在彼此交流中確定了，本要回家的司機先生平安將我送到捷運站。此時的我，心情還可以吧！

我將這天發生的事起了一個代號叫「救稼行動」。在颱風前夕出門搶救莊稼農作，是要有多大顆浪漫的心，才能從舒適的床上起身？是要有多愛護那些小菜菜，才願意騎腳踏車換捷運轉公車上山？難道是自己閒暇時間太多，必須找點事情讓自己不無聊？

建立一個新習慣必須是有紀律且風雨無阻的，即使一週一次，也必須嚴格遵守，這是我與菜園中的菜菜們的約定。「信守承諾」就是我給自己的起床動力。

●●●

想起我與兒童文學研究所同學們的一年一遊，已經進行到第八個年頭了。臺南、臺東、高雄是主要玩耍的定點，一次三天兩夜或四天三夜；而最近一次的定點是臺東。

十八年後，再次回到當初臺東大學的中華路舊校區，現在這裡已經改成育成中心了。學校早已搬遷到知本校區，我和同學兩位中年婦女，邊騎單車邊指出什麼店還在，什麼東西改變了，白頭宮女話當年般的喚醒記憶。

想起二〇〇五年的夏天，臺東超級熱，一群國小、國中老師們在暑期進修班相遇，而我也加入了那個求知的學習行列。同學們大都文靜，只是張著大眼睛看著一位表演者突然跨入兒童文學的世界。沒有要以教學為學習目標的我，過得好輕鬆，在擁有共學的一群好同學之外，也享受了再次當學生的快樂。

原來沒有目標的學習是可以發現真愛的。我的童年沒有太多童話故事書，在大溪鄉下的小學生活，都是以人為主，佐以冒險行動，這些兒時點點滴滴的記憶，不是從書本中閱讀而來的，而是在一次次集黨結社、呼朋引伴中度過。而到了研究所讀的兒童文學故事，就像是將自己童年生活印成文字、寫成書。原來，我的童年生活是３Ｄ世界，而文字是２Ｄ，兩者相遇於兒童文學中，何其妙哉！

同遊的同學讀完博士後一直在學校教書，現在也接近退休年齡，才開始思考接下來離開職場要做些什麼？她邊說，我邊神遊到太平洋的岸邊、夕陽、千層浪花，看著臺東海邊的消波塊（心想真醜），天空有著飄移的烏雲，遠方海平面交界處泛起一絲橘粉的夕陽色，不那麼濃豔的橘，可能是烏雲為它一一鋪上灰冷的薄紗，像濾鏡，讓人可以直視而不刺眼。

海風中夾雜著同學的抱怨，字字不清晰，片片斷斷的像收音機沒校準頻道般聽不清內容。「下雨了！」我忽然從凝視著海面的夕陽中醒來！我們起身離開沙灘，豆大的雨滴直直落下。兩位中年婦女突然加速，如同紡錘般迅速穿梭，編織在愈來愈密集如紡織線的雨串中。

「好好玩兒喔！」我突然大笑的說，同學也笑出聲，似乎洗滌了剛剛的怨念。

「中年婦女在臺東海邊淋雨騎單車回住處，真是一場浪漫又刺激的冒險呀！」我說，而此時已是近晚七點，在臺東市區街上，暗巷在雨中顯得更加幽黑。

像這樣迎著雨騎在路上的舊時記憶，是大學與男友騎車環島的二十一歲時，青春盛年不怕日曬、不懼風刮，更喜歡小雨打在臉上的疼痛感，驕傲的下巴揚起在凌亂的髮絲中，就因為這種冷傲才能熱情呀！「真好！」心中油然升起這句話。

現在已是中年婦人的我，在雨中奔馳踩踏著，雨珠打來依然會疼，冷涼的雨水並不會因為年紀而加溫，還好此時的心依然熱呼呼的，沒變冷！

⋯

時間依然如射箭般勇往直前，而我放大空的日子也布滿工作時間表。「這樣的我，好嗎？」我照三餐提問自己。不做什麼的日子，要怎樣才能沒有罪惡感？想歸想，放大假的日常依然要安排玩耍。

來安排一場中部小旅行吧！得知姊姊們要到中部玩，順便探看孩子，我則偷偷安排提早一天到。先享受了與外甥女家人相處及聊天，再突然出現在姊姊們面前。

結果驚嚇效果一萬分，特別還是在農曆七月的時候。當她們抵達飯店房門口，一按房間電鈴，門立刻緩緩打開，而我故意藏身門後不見人，頓時，空氣凝結如冰，連呼吸都被凍住了！

我從門後緩緩探出頭，接著一陣歡呼擊碎了凝結的空氣，大家開始七嘴八舌的話家常。以前孤僻的我會害怕這種吵，而此刻則是欣賞她們如歐洲仕女圖般的美麗：老、美！老、美！

吃、喝加話癆，是旅行的必然行程。

早餐是旅店提供的美食，也是我們的心靈療癒餐桌。吃飽喝足後，接著就是話癆時光。清理完桌面只留下飲料後，拍照留念放在家族相簿中，為往後的回憶留下談資與證據，畢竟記憶會隨時間流逝，還會錯置或混淆。翻翻雲端相簿正是穿越濃稠老年的密碼鎖！

聊著聊著，我們突然提及穿著打扮這個概念。年長者是否應該每天好好的穿衣服？我姊姊會讚美我穿的衣服很好看，而我則回說：「價錢也很好看（貴）。」

常常覺得女性當了母親後，好吃、好穿、好看的都給了小孩，自己總是穿市場二九九元或一九九元的衣服，習慣了，也忘記了，再也不覺得自己值得曾經的美好！

我向姊姊分享了簡媜老師《誰在銀閃閃的地方，等你》書中的一篇故事。簡媜老師有次去醫院看病，因腳沒抬高差點摔倒。她坐在椅子上休息著，此時一位衣著得體的白髮老太太走下計程車，一個人，卻優雅從容，一身合身剪裁的洋裝，頭髮梳理乾淨，妝點著耳環、項鍊更顯氣質，還塗了口紅增加氣色。老師看著自己的簡便穿著，突然明白，如果人就這麼走了，身上這套衣服就是最後一套，也就是壽衣呀！原來老太太是隨時打扮好讓自己美美的。

我說著說著，姊姊竟然紅了眼眶說：「要善待自己，每一刻都要愛自己。」下午她們就去逛街買衣服了。錢要用才有價值，不然就是遺產了！

⋮

年長者不敢花錢常常是因為收入有限，加上自己沒在工作，所以「儉省」成了生活主節奏。但是，健康資訊往往特別強調年長者要多攝取優質蛋白質，才能讓身體機能運作良好，而穿衣打扮卻普遍被認為在暮年不適當，所以長者們總是將有限的收入放在飲食營養上，較不著重衣著打扮吧！

但，反其道而行的我則覺得穿美美、心情好，吃什麼都會香得不得了，無需山珍海味就是飽！

姊姊們也明白「心」是一切的主人，心裡感覺到美，一切都好。看著姊姊們傳來逛街試衣的照片，我的嘴角不自覺往上揚，這就是飯桌療癒的效果，行動力滿分。

執念是人類為自己對未知及不安結的界，用不變動來保護自己，然而有些不良執念對於暮年的自己來說，早已成為阻礙，不宜久放。

那麼要如何發現阻擋的執念呢？就如同心血管順暢與否，心臟會知道一樣，當心裡覺得不太順暢、堵堵的時候，可能就是不良執念閃起紅燈的徵兆。血路要順暢，一定要運動；心情要清爽，肯定要行動。而姊姊們給我做了個最佳典範！

原來，我的時間表是可以放進家族相簿、餐桌話癆、行動破執念等等可能項目，不再只是工作、工作、工作而已。

最近總在每日三餐時自問：「我最近好嗎？」我想我可以說：「很好、很慢、很療癒！」

有工作很好，沒有工作時想放假，雖然放假時會充滿罪惡感，但情緒搖擺幅度不再似以前那般大，得失心也放平許多。沒有太多計畫的過生活，喜歡，非常喜歡！

請相信

每一刻都是藝術的可能

人會改變的，要有信心。

一位一八三公分高的大男人，一生軍旅退休後的老弟，整日抱著一隻紅貴賓，怎麼看怎麼怪。我的兩位姪子都念大學了，弟妹尚在國中教書，而老弟正值壯年，退休對一位男士而言會不會早了些？我操心的想著。

兩個姪子各自結交了女朋友，美麗、理性、獨立，身為姑姑的我充滿好心的要請他們吃飯，代替長輩們與他們聊聊天。

看著充滿藝術天份的二姪子，再看看坐在身旁嬌小卻獨立的女朋友，好一對璧人呀！他們從高中就認識，成為情侶，一直走到現在，兩人都學藝術；女孩是藝術設計，而二姪子是書法篆刻，有夠古典又新潮。二姪子對自己的學習沒信心，而且不知道未來發展在哪兒，但女孩則持相反意見，覺得他正走在又時尚又充滿底蘊的路上，就是這個矛盾及衝突感，才有創新的未來。她邊說，我邊頻頻點頭讚賞。二姪子真有眼光能看見這女孩兒內在的光芒。

二姪子的篆刻展覽，再忙也要想辦法去看，果然被他的才華驚豔到。他國中時期就開始學畫畫，一路調整改變，成為主修書法篆刻。身為老師的父母，他們本來只是支持孩子愛畫畫的興趣，怎知一路向前想以藝術為生？這份支持遇見現實就要轉彎改變了嗎？而我，誰也不會勸。

我當年就是在一考、二考、三考的重考中，更加明確知道，讀書才能改變命運，才能改變現狀。堅持念大學成為我那段時光重要的推動力。當時的藝術學院還是五年制（現在改制成臺北藝術大學）獨立招生的年代，我抱著孤注一擲的傻勁兒，單一報考沒有懸念。

考試那幾天，整個人像要飛起來似的，第一次到臺灣工業技術學院（現在的臺灣科技大學）考試，那時的基隆路沒有高架橋，路上沒有車水馬龍般繁榮。我騎著一臺紅色彎把越野車馳騁在馬路上，以極帥的甩尾姿態轉進校園準備面試。

好幾百人的考場擠成一團，有的是舞蹈系，有的是戲劇系。舞蹈系的考生各個身材緊緻、頭髮乾淨整齊，靈秀動人的在一旁暖身，空氣被凝結成馬蒂斯的紅色餐桌，剎是好看。而戲劇系考生則是一身寬鬆衣褲、蓬頭散髮、瀟灑自在、自成一派，像極了梵谷的向日葵呀！

考試是高壓的，面對眼前一排大教授們，當時生長在鄉下的我根本不害怕，因為無一知曉他們是誰，也不知道他們對臺灣戲劇界有著舉足輕重的地位。可見無知真的會無畏呀！

我還記得當時最後一題是賴聲川教授出的題，問說：「你覺得自己是什麼樣的人？」我心想：「都要結束了，怎麼還出題呀？」本來已經放鬆心情準備轉身離去，留下爽快俐落的背影，怎知題目一出，我隨即反應了一首廣告歌：「不一樣就是不一樣，566的頭髮不一樣就是不一樣。」我還邊唱邊轉圈。然後，就聽到一聲：「好，可以了！」

我鞠躬後轉身出門。當關上門的那一瞬間，心想完了，我怎麼會這樣應付這一題？怎麼那麼想離開呢？怎麼這麼不在乎呢？怎麼那麼有態度呢？

心情三溫暖了好幾回了，我搞砸了，來不及了，想改變命運的機會被自己丟掉了！我像個落敗的公雞，紅色的越野單車也變得黯淡、不帥了。

忐忑的心從考完試就沒有放下過。等待著放榜、等待著成績單、等待著未來命運改變的暑假著實難受。

村子的夏天，依然充滿陽光，暫時沒找工作的我，假裝自己是個有學校念的大學生，坐在小院裡乘涼。我仰頭看著陽光穿越過芒果樹葉片，灑落在臉上，透著溫色觸感，綠葉上閃著金光，亮燦燦的；風吹樹梢搖曳著，耳邊一陣陣蒲扇搧過的呼呼聲，真愜意的午後呀！偽大學生的暑假大致如此了吧！

「嗡嗡嗡……」一隻蜜蜂打擾了偽大學生的春秋美夢，牠把我當成一朵花了嗎？還在我頭上胡亂飛竄，嚇得我也顧不得郵差快到送信時間點，拔腿就往屋子裡跑！

母親正在屋裡與鄰居媽媽打麻將，我晃過去幫諸位媽媽加茶水並說好話。此時，耳朵聽到郵差摩托車停下的聲音，心跳數直接上升到一百二十！

抖抖手，拆開成績單的那一瞬間，我冷靜下來了，因為看不懂。這個分數是什麼意思？面試加考試總分就這麼多？這分數到底有沒有考中呀？此時的心情不知該高興還是失落，如果考中了，就可以立刻向母親報喜，接受正在打麻將媽媽們的祝賀；如果沒有中，就只是多一次落榜經驗，在父母面前丟臉一次，再獨自舔舐傷口！

「伸頭一刀，縮頭一刀。」當時我心想。找到了朋友先商量對策，他很聰明的打電話去問，結果，「我是大學生了、我是大學生了、我是大學生了」迴盪在腦海中，久久。改變就這麼到來了，有點不知道接下來怎麼做。

首先，必須告訴母親這件令人開心的事。晚餐時，家中只有我和母親一起用餐，心中百轉千回要找個時機點。「我考上大學了。」我突然說。

母親非常冷靜且淡然的看了我一眼，然後說：「恭喜呀。」就繼續吃飯。

在那個還需要參加大學聯招的年代，只要考上大學就如同中狀元般令全家雀躍，但，這種情緒只會發生在首考中第的人身上，左鄰右舍也會同歡，貼紅榜、放鞭炮，接受全村人的祝賀。經歷了三次考試才成為大學生的我，仍舊為自己的堅持不放棄拍拍手，默默的開心許久。

或許母親並不懂當時的我為何不放棄，但她只希望我平安健康，而父親則是高興且支持的，能讀書、想讀書，他一定站在我這一邊，就像讓我上私立高中一般，學費再貴都沒有怨言。

大姊考上的是私立大學，而我則考上國立大學，在那個只有父親一人賺錢的日子裡，我的父母真好，沒有強迫我們女生去工作養家，分擔家計。現在想起來，這是父母給我的第一份大禮——生命自主權。所有的選擇權放在自己手中，必須為自己的選擇負起責任，苦樂自擔。

•••

現在，二姪子正面臨要如何走出屬於他自己的獨特人生。看著他篆刻的「戲如人生」印章，有種特殊的古典美在陽刻的線條中流動。雖然身為長輩的我有信心，他的父母卻希望他可以多一點選擇，多修一個教育學程作為保險，以「老師」為底限。

當初的我完全沒想過，也一股傻勁兒堅持著教學、表演與創作並行，就這樣過了數十年。我很想大聲說，我是因為「相信」才走到現在，而不是因為「看見」。可是自己也明白，這過程必須是每個人需要經歷的風景，沒有任何人可以替誰承受那些重擔。父母無法替子女扛，一扛便成了媽寶男、女兒奴；子女為長輩扛了之後，長輩成了公主媽、渣渣爸；夫妻亦然，各司其職，才能學會人生責任的面貌。不說出來是我的選擇，因信任每一個人有能力在時間長廊中得到寶物。

•••

大姪子善良又帥氣，染了一頭紫色頭髮。鋼鐵直男的老弟只能用道德勸說、健康顧慮為由引導他不要染頭髮。而人的自主意識一旦發展，逆反之心一旦升起，就像暈車後的反應，必須給時間讓它過去。等待改變，恢復平靜，而這個歷程旁觀者只能陪伴。

他的日文很好，為了要追日本的cosplay偶像，傻傻的將自己套入動漫角色中，參加活動，甚至因此認識同好的女朋友，一起追星到日本。姑姑與他默默商量借款、還款計畫，擔任他的私人銀行。我希望大姪子明白「誠信」是重要的品格，在訂下還款計畫的過程中，順帶教導他如何理財，千萬不要將全部收入拿去還款，要留下生活、娛樂的費用，而且如果信守承諾，就會得到銀行（我）的鼓勵。

整個過程原本非常順利，直到有一個月沒進帳，而銀行（我）耐著性子等待，終於在拖延還款日的一個星期後，大姪子打電話說明延遲的原因。

那時，銀行（我）心中默默決定要獎勵這行為，並等待最合適的時機送給他。況且他的女朋友，也需要認識一下。

吃飯似乎是最沒有壓力又可以認識彼此的場合，我找了一間庭園風的義式私廚，晚餐吃得大家笑聲盈盈。又是一個理性、獨立又有個性的漂亮女孩，似乎很像他的母親，有著支持與淡然的內在溫暖。他們兩人互動不會以誰的意見為主，很平衡的交流著，真好。

大姪子後來找到一份需日文專長的遊戲公司工作，頭髮不再染成紫色而是亞麻色，甚是好看。老弟說著大兒子找了正職那種放鬆的神情，讓人覺得「擔心」似乎永遠是父母的課題。

這個經驗很像我剛開始種菜時期，菜菜種下去後，擔心太陽太大不下雨、颱風來襲被連根拔起、蟲蟲太多被吃光；擔心土太乾、水不夠、水太多、根爛掉等等。總是不明白等待是必需，信任是最大的愛。慢慢的，在時光推移中，菜葉長高高，開花結穗，蜜蜂嗡嗡忙著授粉，才明白這個是大自然的韻律，在適當的時候就會發生，不需擔心，只要放手。

小孩的成長也是如此吧！品格或個性，在小時候就必須像種子一樣放進孩子的心田，這足以讓他養成往後人生需要的能力。但，要放什麼進心田呢？而我的父母又在我們的心田中放進了什麼？

不比較孩子之間的成就，一直是母親為我們守住的關係底限，長大後的我們永遠記得母親在世時口中唸叨著的老話「上通奶管、下通血管的手足情誼」及「一娘生九子，連娘十般心，每個孩子特質都不一樣，不能用一種標準衡量」。

用種菜來比喻或許更好理解。玉米必須有根向下扎入土，有莖向上生長，在成長過程中，只需在幼年期用小筷子扶住就不會倒下，但需要給它足夠的空間，不能種太密，才能長高高。到了準備結果，挑戰就出現了，因為玉米有香氣甜味，會招來螞蟻及蟲害，身為主人就必須在它青春期及時除蟲，否則無法長成粒粒皆清楚的菜市場模樣。

黃瓜是攀爬式植物，發芽後必須依附在其他架子上，才能迎向陽光，過程中必須摘去旁枝、留下主幹，才有機會長高。黃瓜的蔓藤力量非常大，一旦被勾住絕不放手，甚至有能力將整株往上提升到瓜棚最高處，繼續開花結果。

有些葉菜類需一小把種子一起種，靠彼此扶持著軟柔的身軀，空間是永遠要記得為它們留下的成長預留地；根莖類如地瓜、馬鈴薯則默默在土裡努力繁衍，長至足以讓人溫飽。

這些像極了家中不同的孩子呀！有些很努力卻只有一點成就，有些需要良好的貴人外緣才有結果的機會，而有些則是家中門楣光耀不需過度努力就在樓頂部，而更多的是默默努力不張揚的人。

大姪子、二姪子，天生不一樣，對待與養育及發展必定各自精采。身為大人的我們，只需信任他們，並提前將下一季節的沃土早早堆好，自然而然的欣賞著他們的改變吧！因為我們也都是這樣長大的呀！

中年危機剛剛好

升級打怪

結束婚姻似乎是自己人生的截點，在之前是專職的劇場表演工作者，之後是影視表演工作者，那年我三十九歲。

既不青春也不再貌美的年紀，必須經歷大變動，是一種必須給自己掌聲的行動。沒錢沒房沒孩子的三十九歲，在劇場深蹲二十多年，如果是一棵樹，也有一定的年輪尺寸了。無法深思根已扎得多深，也無法確定離開後的日子，但，唯一明白的是：必須離開才能活。

中年失婚是一個重新審視自己的機會。性格怪異的我，也逼著自己中年轉業。如果要開始就全盤重來，不給自己一點回頭的機會，更不想看著他人同情的異樣眼光。就換一個沒人認識我的工作領域吧！此時，正好有一個關於眷村故事的公視影集來敲門，那時的自己也正好有空檔，就這麼跨入了影視的行業，是完全不同於劇場領域的表演方式。現在想想，都覺得當時願意用我的單位主管膽子真大。

以前也曾有機會參與影視工作，但總覺得自己還沒準備好最完美的表演，導演那頭就喊了ＯＫ。當時心想，我還沒開始演呢，怎麼就ＯＫ了？好可惜呀！這也太不尊重表演藝術了吧！千萬個不理解的當時，又再回到劇場修練表演。現在想起都覺得有意思，因為在鏡頭中放鬆，才是最佳的表演狀態，這是在真正跨入影像表演後才懂得的精髓。

年少輕狂自視高才，哪能明白不作為就是最大的存在呢？而明白了，也成了明日黃花。

表演呀，就是這麼奇妙。英國國寶演員莎劇專業戶——勞倫斯．奧立佛

（Laurence Olivier），演出《哈姆雷特》時已年近四十，而在劇本中，哈姆雷特真實年齡卻是十四歲半。而李奧納多．狄卡皮歐（Leonardo DiCaprio）一九九六年出演電影《羅密歐與茱莉葉》時二十二歲，可能已經是最接近劇本角色的年齡了。

《再見，忠貞二村》是我演出的第一部電視連續劇，年齡跨度從二十多歲一直到近七十歲呀！連續劇的角色功課與電影、舞臺劇不同，時間軸的長度就足以讓人出戲。角色年輕時，在鏡頭前該如何像個未經世事的少婦？中年時又如何扛起家中重擔？老年後如何雲淡風輕的回看跌宕起伏的人生？

二十多集的劇本，開拍時，已經拿到一半以上，所以開始重新練習。我曾經年輕，而現正壯年，但是遲暮之年就得多觀察、多想像了。關於身形也必須多多琢磨，少婦不識愁苦味，豐腴是必要的；壯年正值夫殘子喪等生命撞擊，必須扛起顧家重責整日奔波，形體必有改變；老年則放下重擔後身形佝僂，這都是外在身形表現上的大致方針。

有了雛型才能細細打磨，拍攝日子也持續往前。通常是邊拍攝邊順過拍好的影像，直到有一次導演說：「臉瘦了，整個人小了一大圈。」我在心中暗暗喊了一聲：「耶，有效！」於是向導演分享了我開拍就已經在準備中年時期的階段，每天不吃晚餐多走路，一直到拍攝時被發現。

主要角色基本上天天都要工作，只有少數時間可以休息，健身瘦身根本不可能特別安排時間單獨處理，所以只能運用每天的拍攝日常，將表演功課放入生活，才能完成角色設定及目標。當時好長一段時間都是處在被餓醒的狀態。

而有些胖瘦只為了在鏡頭前美麗，不完全是為了角色，也有的演員為了角色忽胖忽瘦，像極了橡皮人，即使專業營養師在側也是有生命危險的瘦身，他們仍然願意為了表演藝術全力以赴。「表演」實在是太魔幻了。

●●●

每一格的認真，都燃燒著表演者的靈魂。

二〇〇五年，金鐘獎最佳連續劇女主角的名字喊出來：「得獎的是——王琄。」很不真實。原來是這種感覺呀，心跳瞬間加速，腦中一片空白，還要記得保持微笑，並向「失敗者聯盟」的其他四位女演員表達她們很優秀了，我只是今天運氣好，有欣賞自己的評審貴人在關鍵時刻推了一把。

上臺的感謝詞，在入圍後的一個月，已經反覆在會與不會是我之間來回練習與修正，直到聽到「王琄」，一切都成為真實，那些練習感謝詞卻像突然被刪除了般，一片空白。緩緩走上臺的過程中，努力平復心跳，不要顫抖，手心冒著汗，對著臺下滿滿的觀眾，突然有種夢回劇場舞臺的時空錯置感。終於拿到了獎座，比自己在家拿水瓶練習時要重很多。對，我在家也有練習一下想像獎座大約多重，當時想，反正練習一下，也只有自己知道。

深吸一口氣後，想起了無數準備得獎感言的夜晚，或許劇場人、劇場魂，一上臺就立刻甦醒了！感謝不完的工作夥伴、播映平臺、家人、父母、臺下可敬的對手們，最後，感謝了自己；說出來時，自己都嚇了一跳。是不是在那段一年搬三次家的失婚經驗中，我才驚覺到不夠愛自己？也因此才會在這公眾場合中，對那個曾經不夠疼愛自己且受傷的自己，表達了我也是值得被愛的。那年的我四十三歲，開始走向自我療癒的哀樂中年。

二〇〇五年是跨越的一年，也是特別的一年。

在劇場深蹲近二十年的資深中年女演員，迎來第一次偶像劇演出的機會，但，也面對著被試鏡的挑戰。以前的自己肯定會因為無法接受而拒絕，但我竟然接受了這項邀請，還幫劇組試戲了多組主角ＣＰ，最終是由陳喬恩、明道組成《王子變青蛙》組合。

那年的自己非常忙碌，《再見，忠貞二村》及《王子變青蛙》大約是同時拍攝，一個主場景在嘉義，一個則是全臺跑透透。我則是在不用當主要角色的休假日，去青春活潑又可以嬉鬧的偶像劇宣洩一下被壓抑的情感。一邊是情緒重的時代劇，另一邊則是放鬆玩耍的偶像劇，我告訴自己：如果可以兼顧這樣高強度的表演，將表演格局撐大，那自己就適合留在電視影像工作；如果無法完成，就放下念頭回劇場繼續練功！

播出時段竟然剛剛好落在差不多的時期，週一至週五在公共電視播出《再見，忠貞二村》，週六、日則分別在臺視及三立電視臺播出《王子變青蛙》。剛開始根本沒有人認出兩齣戲的兩個角色竟由同一位演員扮演，直到快播完前才有人發現並提出討論：金枝媽媽與邵媽媽是同一位演員扮演的？有種莫名的嘴角上揚。

這一年也是我恢復單身的第五年，迎來了自己平凡劇場工作者的第一份表演榮耀。表演真的很微妙，是集合了認同、喜愛、慾望、名利等最大集合體的顯化現象，而這些又是人類痛苦的源頭，演員們以假當真的體驗著人性，又危險且安全；危險的部份是角色經歷的種種愛恨情仇，演員都必須藉由自身的身體、心理、聲音等等成為角色本身，甚至有可能引發演員身體細胞相信了角色的病或心緒，造成某些病變。而安全的是，在離開角色後，所有戲裡角色發生的身、心、靈都是假的，對表演者而言，必須將角色送走，將之留在表演場域中。簡單的說，就是請角色從演員的人生列車下車。

身為中年跨界的女演員，我必須很清楚，中年演員列車能夠上車的角色必須慎選，不是任何角色都能駕馭，於是，「愛惜羽毛」就成為朋友對我的認識，而唯有我自知內在是否需要、是否能量有限，必須用在最適合的角色上。

二〇〇八年，迎來了第二座金鐘獎最佳連續劇女配角。

《大將徐傍興》也是一部時代劇，但客語臺詞是最大挑戰。製作單位詢問我會不會客語，因為聽說我在藝術學院畢業演出時，演的是一位「客家媽媽」。原來人生的不可思議就這麼被安排好了似的。我只回說：「你不怕，我就不怕。」於是開啟了我學習客語之路。

當時反覆練習著臺詞，像隻鸚鵡般隨時都在當留學生，過著不斷聽錄音帶的日子。這是我第一次學客語，戲裡全程要說客語，在每天拍攝結束後，會開會討論明天的場次及語言，都調整確定後，必須回到房間繼續練習修改後的臺詞。睡眠是很重要的，不只是氣色要好，不能有眼袋，精、氣、神也要飽滿，才足以承擔一整天的工作量。此外，睡眠時間也必須善用，我開始了邊睡邊聽臺詞的睡眠學習法，立刻將我拉回高中聯考的情況，只是那時用的是單字手卡，不是錄音機。

科技進步的現在更不容易理解那時對記憶容量的考驗。清早起床，梳洗下樓，最怕遇見語言老師，因為，他也做了一整晚的功課，也修改某些臺詞換成更有趣的說法。當他說「有個臺詞要改成這個新說法」，說時遲那時快的要拿出他的筆記時，我趕緊回說：「不能改，記不住。」

這樣的日子後來漸漸好了些，但是腦容量及記憶力有限的狀況下，我必須另闢蹊徑，開始深入理解客語的美及其背後的文化意涵，例如「行」到水窮處的「行」，意思是「走」，而客語的走來走去發音是「行來行去」，多麼有意思呀！我找到了愛上這個語言的通關密碼了，至今客語已經是我不會忘記的語種。

回歸劇場演出，對身為劇場表演工作者而言，是必須且更深刻的表演重訓。

大量的連續劇拍攝對演員而言如刨刀般，是在一層一層削去能量。當我意識到自己在拍攝時出現了「只是賺錢唄！」這種心境，就知道必須休息，回到表演母親——劇場的懷抱中，校準自己的表演心態。

欣賞表演是一種美感能力，而愛上表演則是一種病。愈陷愈深的自我要求且近乎病態的完美主義，總沒有一次覺得滿意自己的表現，覺得自己永遠可以更進步、更可以挑剌，可以再挑戰得更深刻些，直到交出某種被認可的成績單方肯停歇一下，然後，再因下一個角色落入瘋狂。

二〇一六年，我演出綠光劇團世界劇場的《當你轉身之後》，是翻譯自二〇〇一年的電影《心靈病房》，由吳念真導演改編的舞臺劇。因為劇中角色難度太大，從開排到演出我都只能專心在角色中，日子過得簡單而深刻。

這是關於一位文學教授在癌末時期所思所想自己過往的人生，與那些衝突和解，向童年影響自己至深的父親表達愛意，在自己小學老師的懷中得到如母親的撫慰，然後，告別人間。如詩如夢般的臺詞，極簡約的燈光，是舞臺人生美好的體驗。

而在這美好的演出中，我發生了與金鐘獎典禮正好撞期的狀況。頒獎當天我在城市舞臺演出，不能分神，必須專心一致在舞臺上，戲長約兩個多小時，接近結束時，終於可以被抱著喘口氣了，這時突然覺得抱著我的演員有種疏離感，不似之前那樣抱緊緊，我想肯定是「摃龜」了。演員這行真是太複雜了，居然敏感到揣測同臺演員肢體傳達的訊息。好在此時，所有的戲都已經走到最後三分鐘，接著就等謝幕。

等待謝幕時，我整理好情緒才上臺，在演員上臺謝幕時，角色已經結束離開了。導演吳定謙在臺上說：「你在我心目中就是永遠的女主角。」我心想，果然摃龜了。哪知導演這時快速衝到臺邊拿了一束創意小花束，並宣布說：「得獎的是——王琄。」我哭了，也為身為劇場演員感到驕傲，這是第三座金鐘獎的榮耀。演員這個行業，要花多少力氣來證明自己是優秀的、值得被肯定、值得被愛？太瘋狂了，「有病」是不用解釋的。

•••

在婚姻中的我無法如此瘋狂，因為瘋狂會造成他人不適，而在演員生涯中，這種狀態無法向他人解釋，只能等症頭過去、角色離開，才能恢復人間生活。我必須對在婚姻中的那個自己說：「了解那顆瘋狂的心必須展現，必須釋放，離開是必須走的路。無需自責，不用抱歉。勇闖天涯吧！」

距離離開婚姻也近二十四年，很感謝有好的機緣將自己推出婚姻，也在中年才開始認真面對表演藝術世界更開闊的視野。

最近，愛上了「剛剛好」這三個字。來得剛剛好，走得剛剛好，睡得剛剛好，吃得剛剛好，美得剛剛好，老得剛剛好，演得剛剛好，距離剛剛好，愛得剛剛好，煩惱剛剛好，繼續剛剛好，沒有剛剛好，笑得剛剛好，舞得剛剛好。

活得剛剛好，死得也剛剛好。

唯孔不亂

織女系星球

「編織」看似簡單，彷彿只是上針、下針等就能完成所有基本造型，無論用勾針或棒針，就這樣上下戳進洞中，然後拉出線，就可以編出一條圍巾或毛衣或包包。但，若要鬆緊適宜、不會歪斜一邊或孔洞大到掉出東西，那就必須靠天賦加上練習。而我即便有筆記、有老師指導，至今仍無法編織出一件成品會一眼就讓人衝動的說：「我也想學編織。」

不過我很享受編織時只與自己在一起的安靜時光。安靜的理由不是多麼神性的靜心或與自己內在獨處，而是怕忘記針數，怕搞不清楚該加針、減針，或是並針。編織很數學也很邏輯，如何漸漸放大，必須在第幾排、第幾針慢慢收攏，如果敷衍勉強的強渡關山，除了拆除重來一遍之外，就只能找個箱子角落藏住，免得粗心懶惰的證據會說明一段很浪漫的浪費時光。

那段編織的日子，是因為一群中年阿姨們在新冠疫情期間為了打發無法工作的大量時間，也是支持朋友的天賦。這位中年阿姨朋友沒有老師教導，在疫情爆發時，為了找個手作來玩玩，於是在網路上找到編織的教學影片，練著練著就產出一堆厲害的作品。為了生計，她放在臉書試試水溫，真的有買家出現，也召喚出我們這群天賦不高但充滿熱情的阿姨們。

朋友認真的從頭教，我們也認真練習，但，光起針就用了一堂課才將全班十二位阿姨教到都能上手，口頭說明外並輔以圖片分解，一張張幾何圖形的畫面標示著每幾行後的改變。本想放空的腦袋其實更空了！一個小時很快就迎來了下課的來到。散會了嗎？不可能。大家接著聊天，重新點了一杯飲料，繼續編織。

疫情期間，朋友的店內用生意近乎是零，於是以場地租借的方式讓課程有居所，場地費就是一杯飲料的低消。人類真的很有意思，只有面臨大災難時，才會有一種生命共同體的感觸；才能放下金錢為先、物質唯一等概念，將友誼位置往前挪移。突然覺得這場災難的難得好處，是讓遺忘已久的重點被畫上螢光筆。友誼在空間中，以時間為經、語言為緯，編織了一頂小帽戴在頭上，成為一種溫暖的存在，熨平了因疫情產生的不安念頭。

一週一次、連續六週的編織課，原本排定的手包是無法如期完成了；每位同學進度不一，老師也屬佛系教學，不催促也不否定，尊重大家想編到哪，就編到哪，而且有筆記，現在不想編就放下它，想再提起就織一下。差點忘了，除了看紙本幾何圖形外，還可以打電話問老師啊。我們這群中年阿姨也很遵從自己內在的節奏，來當織女不只是編織包包，更多是在編織友誼的網。

在網路發達的現代，每個人都在自己的社交平臺以影片為線，眼神為勾針，期望能織出一張捕夢網，在被看見後成為網紅上的小蜘蛛，為自己編造一片名利網。

「網紅」是學生們首選的行業，這是在老師們認真分析未來工作趨勢及發展藍圖的課程中得到的回答。網路是窺探不同世界的窗口，但也可能是未知的黑洞。青春代表擁有勇敢且願意冒險的體質；在教學過程中，我也聽過學生們想當「網紅」這個「夢幻」工作！

因為身為老師，不能輕易澆熄孩子們的夢想，在否定念頭升起前必須理解「網紅」工作為何物！正好疫情大爆發，我開始用一分鐘記錄一天生活的方式，分享著每天一分鐘的阿姨日常。

剛開始不懂，就直接從手機原有的功能開始玩直拍錄影，然後幾個片段接在一起；後來發現時間過長，又找到快速功能，於是完成了第一個影片，也放上臉書與見不到面的朋友道聲早安，報告一下我很平安。

要每日更新，必須睡前先想好明日主題，看是要跳舞或樓頂運動？還是做菜？企劃是自己，編導是自己、攝影、造型、美術、燈光、剪接、字幕、音樂、音效、配音、上影片等等工作都走了一遍，也將手機空間擠爆。

玩得太大還買了新軟體與雲端空間。

認識的朋友更多了，有新朋友或潛水者都出現打招呼。感覺好像是在臉書用短影片為軸線，每天加一條線，在一百天之後形成了一個網，網住一些每日收看的朋友們，並且回饋他們每日早晨會在九點前看看「阿姨一百分」的開心影片。

網路交流當然不似真實人間煙火有滋有味，雖然不在乎有誰天天收看或回應，仍然熱情無比的自己玩樂，直到可以出門看戲，口罩戴好，保護措施不能少，等待開演前與大家相談甚歡。雖然，太久沒有這麼多人同時相見，但仍歡。

有一個磁性男性聲音從我右方傳來：「琄姐，謝謝你，我每天都有看『阿姨一百分』，在很憂鬱的防疫日常生活中，覺得有點力量。」原來是這位影帝學弟在說話。

我說：「真好，有讓你開心。」在戴口罩下的臉，彼此用眼神微笑著。

不確定「網紅」是什麼標準，但，從這段時間中，明白了原來可以這麼好玩，原來可以說自己想說的話，或者表達一種對世界的關愛。

第一階段暫告一段落，接著難度升級了，也是面對自己想換一些內容的衝動時刻，於是，學畫畫的過程就被自己全記錄下來。一百的記錄，也見證了可以在練習中看見進步。我是因為喜歡而畫，而非畫得好才畫。

我心中明確的知道，縱使留言客氣的說很棒、很好、有進步，對我而言都不會影響我愛畫畫的初衷。反正就是一直練習，一直保持熱情，一直擁有「愛」的能力。

網路很虛幻，似乎向著大海丟小石頭，大海的浪濤聲一陣強過一陣，落入海水的那一瞬間只有小小聲「咚！」一下，就沉默了。水花也濺起甚少，那還要不要持續投入？很多人就放下石頭，找尋別的出路去了。或許因為有期待，或羨慕他人大大的水花被注意到，然而時間會磨損熱情，就如同編織課上的包包，編得不好，只能找個角落藏起來。

這真的是很棒的試煉，可以看看自己適合與否或有無意志力，如果是要打發時間當然也可以，但如果真的夠愛，就會繼續。

關係也如編織過程一樣，需要以時間為經，以欣賞為緯，如此才能擁有一條柔軟舒適的圍巾，冷時添溫暖，熱時暫收藏。友誼的關係大概就是如此的溫度與距離，才令人舒心。

而家人關係呢？想編織時就要三天三夜後看到成品——家庭和睦的效果，但心急吃不了燙稀飯呀！鬆鬆緊緊、步伐不穩的狀況下，一張關係的毯子如何能美觀耐用？而家人關係可以如同藝術品般被編織嗎？

看了許多心靈雞湯說，要讓人生不再坎坷波折，必須與家人和好，必須圓滿，於是啟程自己的和好之旅，面對家人要改變說話語氣、和顏悅色的傾聽，怎知內心的爛草莓一個個冒出來，好好的家人聚會結果不歡而散。

編織毯子需要耐心，拆了線重新編織家人關係，也是需要時間的。

我因為少接表演工作，回家的時間變多，與姊姊相處的時間變長了，原生家庭的相處慣性就如爛草莓般一個個讓人過敏、失去耐心。每次進廚房都痛苦不已，找什麼都找不到，本想優雅的為自己手沖一杯咖啡作為早晨醒來的儀式，怎知一個濾紙找不到，感覺到血壓往上竄，神經線拉得超緊，然後憤怒一聲吼：「濾紙在哪裡？」同時心想：完了，破功了，這個關係被自己打結了。

一次又一次的練習，就像一次又一次拆線再重新編織，會愈來愈有耐心。終於，某天來到了同一個場景，早晨手沖咖啡儀式感，又是找不到濾紙的環節，深吸一口氣，等待一下，先來煎荷包蛋吧！多煎兩顆表達善意。終於家姊出現了，說了聲：「濾紙放在○○。」好的，謝謝，我回答。

多好多棒多滑順的重新編織呀！完全沒有產生疙瘩。如此有意識及耐心的面對生命中所有關係下的編織畫面，是一種手工織毯的心態，安靜又和諧的一針一線織著舊有的與新發生的各種關係。

再來說說關於「網紅」這個自媒體吧！一個擁有話語權、表達自我意見的空間出現了。在時間的軸線上，內容成為圖案編織的重點，要有意識的有意思，是所有創作者必須面臨的挑戰。因為觀眾不再只是老師、老闆、父母家人，而是大海中的各種蝦蟹魚龍等品味不一、各有主張的陌生人。物以類別、人以群分，或許就如編造的網大網小、網洞疏密、撒網的距離是岸邊或遠洋，都建立在耐心及有意識的心態上。在虛空的網上當織女，並且要找到觀眾與賺到錢，會不會像水中撈月、竹籃打水？只有親自下海走一遭才能明白吧！

東京奧運在疫情期間舉行，跳水項目真的賞心又悅目，其中有一位英國男孩，在場邊觀賽時竟然打起毛線來，他就是英國跳水王子湯姆．戴利（Tom Daley）。那個在奧運場邊編織的男孩，萌到我這位老阿姨的心，想去當織女就是因為湯姆．戴利的反差狀態。他在極其高壓比賽的奧運賽事現場竟然可以安靜如處子，當他的編織男孩，彷彿外在世界與他無關，當下只有針線與自己，這安住在颱風眼中心的定力多麼厲害呀！他也在訪問中說過，編織給他帶來安靜的力量。看似運動賽事的名利競爭場上，一切都向外爭取贏面的大賽，唯有如如不動向內看的安靜的心，才是王者。

關於工作與金錢的網，又要如何編織呢？

看過一本書叫《金錢的靈魂》，書中提及金錢背後的使用者才能決定金錢是邪惡的還是靈性的。對於學藝術的我而言，極其醍醐灌頂，也開始認真認識「理財」為何物？例如我想要自己編一張華麗的毯子或有長長毛海的毛衣，不可能一開始就有能力駕馭難度極高或昂貴的線材，當能力增加、基本功扎實了，再來面對質量高級的材料，才不會浪費「它」本身的價值。

功夫厲害了，簡單線材也可以編織出高級感，就如同簡單生活一樣可以很深刻一般。只是，當有機會運用不同材質的線材時，能力有沒有辦法掌控？內在有沒有信心？仍然能自由自在不忘當初開始編織的心嗎？

「理財」就如一條條金線，編織在自己人生的毯子上，金多多則刺眼，完全沒有又太平淡。將金線安排在某些適當位置，有點華美，有點立體感。這份明白我不是一出生就有的，是在一次次遇到疫情或搬家或阮囊羞澀時，撕下偽裝不在乎的面具，認真看著欠款、卡債、戶頭太乾淨、數字太小等真相時，一一寫下來的。

不願面對的真相通常就是成長的契機。開始上理財課對於沒有概念的小白是必須的起手式，但一定要找對人問，要聽得懂，重點是要問問題而不怕被嫌笨。只有有耐心的老師才能同理理財小白的入門如山一般難跨越！

我也開始在小圈圈分享如何從負債轉而有存款，編織一張專屬於自己的毯子。有洞不怕，補起來就好；線不夠，想辦法創造取得就好；持續編織，不急不躁的對待自己，但也無須二十四小時都在當織女。

織女需要去遊行，需要吃飯、聊天，需要在生活中織造一份美好。如果有一群中年織女阿姨同行，是多麼有趣的生活呀！

織女永不老，只要願意有意識、有耐心的永續如少女的初心熱情，萌噠噠的編織女孩無所不在。

編織的人生很簡單，上針下針，針針入魂，拉個花朵，勾個結辮，隨心自在。

終於不擔心了！

幸福的耳順之年

我來了，頭上頂著一撮毛從空中飛快往下衝，肚子靠在一團白雲上。形象如哪吒般的那個小孩，快失速的感覺快出了現實，腦中一想到就立刻減速。緩下來時，頭頂那撮毛也從飛揚飄移降落靠近頭皮，只是微微揚起搖擺盪漾著。

一片軟柔的綠色草皮接住我，我將草皮的泥土味、青草味大大吸了一口，滾了幾圈後，躺在草上一動不動的看著視野被遮蔽的世界。感覺一下身體，我看不見自己了，身體僵硬無法動彈，只能看著風吹、草動、白雲飄移。

我變成一塊石頭了，而周圍好

安靜，沒有任何生物。

記得二〇〇六年到宜蘭冬山鄉參加華德福師訓，澳洲老師提及宇宙世界千百萬年形成的進程是從礦物開始，然後是植物，接著是動物，最後才是人類，並且說道：「當人直立起來，靈性才會進入，成為有靈性的人。」當時聽得津津有味，雖然似懂非懂的。

石頭記憶則是受過朵洛莉絲催眠正統訓練的老師幫自己催眠的記憶。接著石頭之後，場景轉到了中歐十八世紀，地點在一所陰暗不見天日的牢籠中，我（女性）有著一副中歐人的堅毅臉龐，削瘦的下頷骨有股叛逆不從的孤傲，蹲在地上安慰一對害怕被捉的母子。

這個「我」是一位對抗當權者的革命份子，對於不公不義的當權者會站出來對抗，支持弱勢，而這時牢獄中關了一群叛亂份子，並且準備被處決，我也是其中一名。獄卒在牢門外聽著身為叛軍的我們對政權的不滿及革命的理念，也非常認同，甚至會更加靠近的一起聽。

終於在要行刑前一天晚上，獄卒將牢門打開，放走了我們這群叛軍，而他卻被因此遭受死刑。

此時，躺在催眠椅上的我已經淚潸潸如雨下，催眠師溫柔的告訴我，他是自己願意的，他的死與你無關，不要有罪惡感。而自己似乎也明白人人內心都有平等的渴望，也想為不公平的社會貢獻一點力量吧！

自己性格中的公平、正義感是不是有了沒道理的見證，我也不確定，但我對某些公理正義的過敏症頭，似乎找到了源頭，但是不再強出頭，因為可能會造成他人的死亡。不明白之前，是不言不語、個性孤僻、超級壓抑，不做不錯但也在內心充滿批評，活成怨氣幽魂的狀態，一直到進入藝術學院才解除綑綑咒。

而今的自己活潑多話，與綑綑咒之前的陰沉不語判若兩人，這是與國、高中同學相遇時她們告訴我的。

•••

對自己的好奇，是在進入表演之後才開始認真探索的。對於前世、輪迴、意義、存在都充滿困惑與究竟的動力。

各式奇特的、新潮的、古老的都體驗了一遍，催眠就是一條路徑。有一次是一位法國靈媒，看見了宇宙艦隊又看見在宇宙中有一個高大紅色發光紅牆將我隔在外面，紅色牆閃著金色光芒，我這個生命體像一顆小豆子般大小的站在牆根邊，仰望著高牆。

也曾經遇過印地安靈媒，累世是女祭司，在專業翻譯人員的口譯之下對我進行催眠。我在一列粉紅色的火車上，進入了似乎是日本的鄉下，身著日軍軍裝，像是回家的感覺，但家中無人，老房子坐落在稻田中，可以得知父母是農民，安靜的鄉村卻有著不平安的氛圍，只有一個身著軍裝的我在尋找著什麼。

接著又上了火車來到宋朝，變成一位男士，是縣令，很照顧縣民的清官，可是卻被朝廷放在邊陲，一個有理想的讀書人無法實現志願，鬱鬱寡歡而在五十三歲死亡。第三個輪迴來到一位富貴人家，是大太太的女婢丫頭，大太太很仁慈，每天禮佛，非常虔誠的態度也影響著我這位小丫頭，不想嫁人而是希望可以如大太太般活在「佛的世界」裡。

我不確定是我原本內在有的特質投影在催眠的螢幕上，抑或是像愛麗絲夢遊仙境般進入了異想世界？

我甚至還找過一位中醫把脈，他是可以看到前世的奇人，在希臘出生來臺灣學中醫，學習把脈過程中，把著把著竟然看見了個案的前世。我在朋友推薦下便預約把脈。

或許古老中醫的望、聞、問、切，本身就具備神通的可能吧！看了三世，好像經驗中催眠都是三世為標準，不知這度量的標準是一小時看三世剛剛好，還是經驗法則。而我這三世有一世是西北大善人，造橋鋪路還蓋劇場，但蓋到一半就過世了，壯志未酬。他不知道我的工作，只知道我是朋友介紹來的。

到了第三世，他停了很久，抬頭看著我，然後幽幽的說：「一盞燈，只看到一盞燈。」我不失禮貌的笑了笑，聽他簡單說明他的感受。他說我已經不需特別做什麼，只需要做自己喜歡的事就夠了。天哪，太幸福的未來了吧！這個第三世不像一盞燈，更像一根胡蘿蔔吊在我的前方，給了我走下去的一盞明燈。

催眠經驗非常豐富的我，甚至參加過高額費用開松果體的「雙耳節拍超能力」課程，開發五感中的聽覺、嗅覺、觸覺等等心電感應能力。

好奇心一直趨動自己以各種方式探索自己的各種不明白，包括星座、人類圖、瑪雅曆之時間法則、塔羅牌、水晶、靈擺、光的課程、賽斯書、第四道、佛法、塔木德經、聖經、呼吸課程等。人到底有多想知道答案？這個答案不符合自己的期望就再找下一個？直到散盡氣力才願意面對現實中的無常人生真諦？

不再提及曾經走過探索之路的各式花招，但感謝那些學習歷程穩定了某個階段飄搖不自信的自己，回到內在，歸於當下好好生活。

後來我發現，與家人相處是最好的道場，我能在舊有習氣中看見改變的可能嗎？可以每一次見到家人均如初見般新鮮好奇嗎？我們其實隨時都有機會「重新開始」。至於朋友之間可以這樣嗎？表演工作也可以很勇敢的對它陌生嗎？文字書寫呢？可以重新理解文字嗎？

此時，書寫的當下，耳朵聽著星期日不太忙碌的車潮摩娑著馬路發出的ㄔㄨㄚ ㄔㄨㄚ聲，陽光照在九重葛葉片上，風吹動偶爾搖一下，跳著空中舞蹈。早上為自己煮的銀耳紅棗蓮子酒釀香味醉鼻，整個人都處在不寫實的微醺放鬆世界中。想著自己，也想著看著書的你。

你好嗎？喜歡自己嗎？懷疑、焦慮嗎？身體無恙吧！然後，深吸一口氣又將注意力拉回來，也同步問了自己：我好嗎？喜歡自己嗎？有懷疑、焦慮嗎？身體安康吧！

算命、紫微、八字、易經都無法給一個肯定的答案，唯有靠自己好好活出光彩或接受暗示下的人生。

其實現在回想，都差不多也不會活錯，因為多數人都是在前期沒自信、不了解、無法掌握，需要找一個支持的力量讓人生可以繼續下去，但路一步步走，天也會一天天亮起。

就如我在四十歲離開婚姻後，似乎活出了另一個人生，開外掛的得獎、入圍、出書，成為技術專業副教授，而今再二十年後的現在，似乎更有一個高我的神的視野看著自己每天的日常，編寫著全新的人生劇本，並且導演著每日的演出。

非常微妙，也非常樸實。微妙的是，看著自己在一場人生遊樂場中活著，也知道是戲，而樸實的部份則是沒有太多的情緒波動。或許這也像那句古話所說「六十而耳順」。

嗯！真實不假，六十聽啥都沒有太多波瀾，真幸福。

PART

4

逆境的藥引

我承認我需要這些藥引子的幫助，
可以讓接下來的日子好好的呼吸，
鬆鬆的、清清的、美美的、樂樂的。

可以不要一直「賴」嗎？

溫度始於真實

以前愛獨處，是非常堅持頑固的喜歡。沒有夜生活，是我為自己精心安排的人生。

許多人在青春正盛時，夜晚愈夜愈美麗，但與我無關；即使劇場演出時常超過最後一班捷運時間，我仍然會像奔赴情人般準時在半夜十二點梳洗完畢上床休息。婉拒夜間聚會、宵夜、歡唱時光，日子久了，便會有夥伴替我發聲說，琄姐睡覺時間快到了，放她回家吧！縱使偶爾也想參與大家的夜半歌聲，他們也會說服我該回家休息了。

但活到現在這個年歲，卻想反其道而行。

聚會的朋友一單位一單位的建立「賴」（LINE）的群組：有一期一會的吃飯影視工作八卦建設團、我們仨兒一起長大心靈誠懇挖掘童年習氣建立拆解圈、家族早安圖必健康群、團購愚婦、針灸社群、大願酒勁力腿諮商課、農婦們等等，這些都是我以前避之唯恐不及的團體。因為，人怕孤單，特別愛抱團解愁。而今我似乎逆著走，離開了屬於自己的舒適圈，很恐怖。

早安長輩圖必發在兩個群裡。一個是家族的，在疫情期間特別珍惜；無法見面的限制行動中，突顯了誰占據了自己的思念，大量屬於自己的時間，快樂且痛苦著。不被打擾、不用應酬是快樂的，但二十四小時加上沒有盡頭的無時間感，反而不自由，是一種被困在一個真空膠囊中無處可逃也無路可出的狀態。

內觀修練大概就是如此吧？硬生生必須向內對自己抽絲剝繭，對自己做功課。要看見成為一家人的幸福，能呼吸就是活著存在最美好的禮物，許多標籤原來都是自己允許貼在身上的，似乎這些名稱、標籤、認同感才是建構自己是誰的主要價值。疫情三年的時光，是否足夠揭露自己的勇氣，並大清理一下自己？

以前回家，都會將自己的情感包得嚴實，不想陷入家人故事的循環風暴中。每次都要聽著姊姊們鬧小脾氣的故事，聽她們冷戰後又自己幫自己搬臺階的死要面子的過程。例如有個晚上在社區廣場跳舞時放音樂的音響不見了，姊姊便詢問上次跳是誰收的？藏到哪去了？因為平時都是姊姊收的，教跳舞的姊姊便直接詢問收音響的姊姊，我那深怕被誤解貪心的音響姊姊，直接跳到三句對白之後：「我沒有必要藏音響！」氣得教舞姊姊回說：「我沒有說你藏起來，我是問你音響有沒有收在哪裡了？」她倆為了這個可以冷戰兩個星期，舞還是照教照跳，卻不說話。這就是姊妹，吵不散也打不走吧！或許她們心中都明白，吵的根本不是事情，而是信任與愛。

還有一次，平時搶頭香發早安圖的姊姊沒有發圖，而且一整天詢問都沒回應，打電話到家裡也沒人接，讓人心中發慌，擔心的問外甥女她媽到哪去了，還引起了孩子心中不安。忍不住的我們在一整天等待後還是發問了，才得知姊姊、姊夫去中部找外孫們玩耍，手機留在女兒家，整日的擔心總算石頭落地啦！

有牽掛才顯思念，有思念才能在慢悠悠的時光中不孤單。

而這些細瑣、不足掛齒的碎片，卻是組成我的元素，也讓我有揭露自己的勇氣，因為，無論多麼暗黑、隱藏的負面個性，以及莫名其妙的傲慢，家人都會接住我，都會遺忘曾經那麼自以為是的自己。

也是在從事影視工作十多年、再次回歸劇場繼續修練表演後，我才意識到之前演出的貴賓券，給的是對我可能有助益的朋友，或是會支持鼓勵我的朋友，而非我親愛的家人們。為什麼自己如此實際，沒有將家人們納入我的貴賓名單中？是我對自己的演出沒信心，還是覺得表演藝術太高冷，他們看不懂？真是「王八蛋」的我啊，終於明白我的那個傲慢高牆，在家中築得如此高、如此厚！

不論我如何變換、有無成功、是否得獎，家人們才是見過原廠出品的我，這對我而言是一種超級浪漫的相遇！擁有家人對我來說，已註定不可能單獨孤寂的活著，就不如好好享受這大團體的火熱情感，欣賞單個人格魅力，以及如同戲劇角色互相碰撞出的化學變化吧！這種稱為滋味的人生，才是值得體驗的人生。

●●●

加入了一個一個群組，也增加了對世界的認識管道，但都有一個附加條件：不能黏著度高，不能干擾日常生活，不產生依賴心態才能加入。因為看見某些與健康資訊有關的群體，依賴他人意見並且一直賴一直賴一直賴，我就退群了！自己的人生，真的不能一直賴在外人身上呀！

而參加了許多社團又是否與不依賴相違背呢？最近退群過一個社區大學的「走讀臺灣」課程。原本非常新奇的跟著大哥哥、大姐姐們學習他們如何安排退休生活，有能一起爬山玩耍的朋友真的很重要，但是在一兩次上課後有種想落跑的衝動。後來發現這樣「沒有安全感的抱團」，終究要面對自己人生的課題——「老年孤寂」這個挑戰。就像拳擊場的終點賽，沒有人可以替代上場，必須親自完成，必須肉身搏擊、大汗淋漓之後，才能理解。

國中老師退休的姊姊，原本也配合姊夫一同去東北角釣魚，但，釣魚的等待時常大於陪伴功能，於是，姊姊自己安排了醫院志工及繪畫課程，就有藉口可以不去那個日曬、海風吹又釣無魚的東北角之旅。

姊夫七十有餘歲，仍然安排自己上資訊商業的研究所課程，用電腦查資料、寫報告，活到老學到老的老典範。姊姊則會利用姊夫上課時，自己在家研發各種包子、饅頭、點心、蛋糕、港式燒臘、荷葉雞等各種中西式美食。她是那種看看網路短片就會做出好味的天資聰穎人，更有甚者還會綜合幾個美食主的配方加上自己的小巧思，已經到可以開班授課的程度了。姊姊則說不想太累，想做時才做，而且，只做給自家人吃。

「壓力」已經在姊姊身上很清楚的拆除了，我只好用小妹妹式撒嬌向姊姊提出想吃紅燒肉。姊姊一臉嫌棄的轉過頭去，但聚會時我肯定能吃到，這是只有姊姊才燒得出的媽媽的紅燒肉味道。乾燒三層肉，一滴油都不放，用鍋的熱將肉的油脂逼出，並封住肉中水份，直到外層收乾再放冰糖、老抽、醬油，繼續悶燒，偶爾翻動以免沾鍋，掀開鍋蓋的瞬間，啊，夢回童年！是媽媽的背影在逆著光的窗前閃爍著。

開始願意撒嬌是在接受自己的不完美及開始想念離世的父母時！

以前不敢也不能，是因為父母年紀大了才生我，性格中的剛強是為了不造成他人的負擔，而這樣不懂得示弱求助還差一點送了命。

有一次參加實境節目的滑水遊戲，自己明明很害怕水，卻偽裝沒事，心想反正都一定要上滑水板，伸頭一刀、縮頭一刀的愚婦勇氣，搶頭香的第一個上陣；腿是軟的跪在板上，讓自己不那麼脆弱。幾次企圖想站起來展現勇氣，怎知，一個轉彎，整個人就落入水中，頭也浸在水裡。

此時，我腦子知道我溺水了，身體開始緊張變沉重。我的腦子不斷告訴身體放輕鬆，頭先浮出水面，就可以呼吸了。身體很聽話，放鬆之後頭就浮出水面，聽見遙遠的岸邊工作人員發出：「你還好嗎？你還好嗎？」我則藏住了自己的恐懼，笑笑的說自己快不行了，大家並不知道我已經經歷了一次差一點溺斃的內心小劇場。唯有教練聽出我喘氣聲的短促是危險的訊號，立馬阻止了原本嘻笑的朋友們，出動救援。

我的反應是不是藏在似假還真的硬撐面子中？之後我反問著自己。我不求助，他者就不會明白我當下的需求為何。這個經驗似乎打通了我阻塞幾十年的任督二脈。

後來我開始愈來愈願意表現出不勉強自己的表情及態度。不舒服就走開，離團隊遠一點，保持一個舒適的距離。社大的走讀課程那次經驗，讓自己成為不合群、令人頭疼的異類份子，完全不配合指令的學員著實讓人敬而遠之。拍照不配合，集合靠近一點也不配合，點餐、上車都有自己的意見，原來我的內在小孩一直都是沒有被馴化的小狐狸呀！

不退群是一種忍耐與合群的表現，但退群卻是尊重彼此的深刻選擇——道途不同，就各自安好吧！

高年級的朋友網絡，彷彿像是在過篩子般，網洞愈篩愈細。後來只能告訴自己：朋友們也在篩朋友呀，我們可能只是互篩罷了！但這是真的嗎？為什麼我對家人的篩子洞眼兒可以無敵大呢？再不舒服都會放過彼此。

分別心很可以說明這一切吧！我們可以對家人誠實表達，也不期待任何改變，尊重他本來就是如此，似乎也明白對方的小自私是出於不安全感，吃飯誰出多一點錢，誰又該先選禮物，都是不願意再被忽視而產生的表現。對家人不再隱忍，願意表達出計較、吃醋也是件好事，就只是想將某個壓抑的性格拿出來透透氣。但這個經驗如果發生在其他社團，大家卻會嚇一跳，想說怎麼來了一個醋罈子？

「誠實」在高年級人際網路中著實顯得珍貴。所謂的「誠實」又必須有著一顆「仁慈」的心。初心是帶著愛表達自己的感受，不同於怕衝突的偽和平，或是冒著失去朋友的被討厭的勇氣的表達。是有愛的朋友，自然可以更深刻的愛護彼此。

有一位朋友在我人生低潮的離婚困頓期，給了我最強而有力的支持。早上十點開門營業的她，願意在九點前到工作室整理昨天尚未完成的空間，睡在已整理好的美容床上休息，好讓徹夜難眠的我可以安心睡三小時後去工作。而最近，這位好朋友似乎有了匱乏感，服務品質與價位之間有人耳語了。「我會帶著愛，向她誠實表達我所感受到的一切。」我心想著。因為我想與這位朋友一起好好活在高年級中。

我不會用「賴」告訴她這些事情，因為依賴簡訊溝通，會如同路德維希．維根斯坦（Ludwig Wittgenstein）所說的產生「語言的蠱惑」，帶來混淆的結果，各自解讀也產生各自的想像。

我決定面對面與她聊聊彼此的生活，並問一聲：「你好嗎？」

臉

凝視黑洞

現在的時間感，不似嬰兒的時間，是以一瓶奶或一口奶計算著；一口奶就是與母親相遇、相愛、相連結的時刻。望著母親的臉，在一口一吞嚥中仔細端詳，彷彿久別十年後的重逢，深刻又沮喪的咀嚼著口中的乳頭，用盡力量才能將血液脈動再次接上軌道，沮喪的是再用力也吸吮不到太多乳汁。因為此時，我的母親已經四十歲了，再多骨血也無法快速轉化成乳水。

嬰兒時期的我，學著退而求其次，接受配方奶，只要能仰望母親那張有故事的臉，愛就在。無論口中汁液為何？都足以讓人活下去。

讀書時期的時間感又是另一種有趣的存在，是塊狀的，以寒暑假為單位。小學時期一直到大學，中間的暑假夾了兩次升學考試，總共過了十七個寒假加上十六個暑假，人就長大了（我在藝術學院讀了五年）。十七塊加十六塊，是三十三塊的青春成長，不細緻也沒有很清晰的記憶。同學的臉在時光中如同傳真紙，時間愈久，面容愈模糊，直到久久之後的「同學會」才再次映照成像。

工作時期的時間感則是以休假為計算。

婚姻時期則印象模糊，沒有時間感，總希望時間可以加速，不用在無法脫身的問題中糾纏。於是，快刀斬了自己心中一團亂麻。

有一段拍戲、排戲的時間，以一齣一齣戲為單位，區塊的時間也重疊著角色的人生。這是一種魔幻的生活期：工作時的角色與自己共用著一個軀殼，上戲時角色會活在肉身中，體驗著屬於角色的悲喜怒哀；工作結束，角色遠行，一頁一頁臺詞成為我一幀一幀圖像，放入記憶匣中。

這段時光又美又虐。或許是好命，可以透過角色的生命歷程，坐了一趟又一趟的雲霄飛車，說著角色靈魂深處的各種探問。這不真實的生活日常占據了我數十年的時光。那段時間不能照鏡子，因為我不是我，我的臉是角色的線條，眼神裡住著另一個靈魂，是我讓出了空間，在她住上一段時光後，生活習慣也與之交融，肌肉形體的記憶也不再是單純的自己。弔詭的是，我喜歡。

我喜歡這段虐的時間，使平淡無味的日常交雜著他人的生命，如沙特（Jean-Paul Sartre）所說：「他人即地獄。」而這樣入地獄，也是為了他日能出離地獄呀！不愛照鏡子，不在這段時間看著自己的臉，就讓它純粹一點吧！這是可以的選擇。演員的選擇。

⋮

人生的選擇呢？

總在下戲後才願意重新站在鏡子前，細細的審視這張被角色虐過的臉，一張有著他人生命故事的臉，而我親愛的家人們並未見過。我不會在這段時間與他們見面，因為我不是我，我是他人。我會少接觸朋友，避開家人聚會，以免被誤解為「鬼附身」。角色的快樂、陰鬱、暗沉等性格都會穿透在思維、行動、呼吸中（這會發生在值得全身心投入的角色上）。消失是為了不讓角色被評斷。

消失的時光，那張屬於自己的臉去哪兒了呢？「相由心生」與戴面具是不同的。表演時，戴上面具是與角色之間保持一臉皮厚度的距離，是在內在提醒自己不是角色，保持著記得自己，不需要改變，放下就好。而「相由心生」則是從內在相信，進而連面容都可能被改變。變幻如魔法，必須忘掉自己或隱藏自己（有意識的）。

該如何找回自己原本的臉？

最近家人們覺得我好像休假的時間特別多，可以參與家庭日的休閒活動。不工作的時間是我主要找回自己「臉」的時光。與家人相聚時，特別愛從每一頓飯中看著他們一口一口咀嚼著菜餚，不語點頭的臉、安靜進食的臉，我會復刻在自己每一根神經細胞與肌肉記憶中。

我的時間感來自為家人做的一頓一頓飯，很微妙的在半百之後，成為我計算時光的方式。家人的臉，讓我記起自己的來處：很普通、日常，有小心眼也有大大的擁抱。

記得父親還在世時，有一次在家中聚餐，大姊負責當廚娘，滿桌菜熱氣騰騰。正開心準備大快朵頤時，父親深刻的凝視著大姊說：「你真老呀，怎麼滿臉皺紋？」氣得大姊直說：「你才老，你才滿臉皺紋！」

大姊放下筷子，下桌不吃了，這件事讓我久久無法忘記。原來，記得自己不是從鏡中，也不是如魔術一般的修圖照片，而是從最深深記得自己的人的口中呀！不中聽卻最真實。

我想到電影《狗臉的歲月》，從一個孩子的角度出發，經歷了分裂的世界，本該是快樂的童年，卻因母親病重，唯一的倚靠由母親轉成小狗。小鎮的歲月有著生、老、病、死，但時間持續向前。縱使小男孩不明白母親為何離開他，仍會探問：「媽媽，你為什麼不要我？」小男孩退化成狗的狀態，似乎就會對痛苦的感受少一點。艱難困苦的歲月在時間中淬鍊小男孩長大，那段青春狂奔不羈，也終將成為記憶，在臉上映照著曾經用力活過的皺紋。狗臉歲月之後，又會是哪種臉的歲月呢？

姊姊們現在做奶奶、做外婆的，對容貌仍有焦慮，有時會私下問我有沒有認識的醫美診所，想去割雙眼皮、拉提臉皮。我尷尬無語。我心中想著，如果有一天我也駕鶴了，希望父母親還認得他們給我的這副皮囊。改太多會不會無法認出我來，而錯過了相見的瞬間？

我喜歡現在的自己。

走了，才開始思念

碎成一地的拼圖

坐在書桌前，看著海葵颱風欲走還留的蓮步迂迴，天空灰陰陰的。偶爾一陣風吹過，小陽臺的植物搖晃著枝幹，幅度忽大忽小，而雨驟然來到打在葉片上滴答滴的旋律，想起自己的中年路，是否會像海葵颱風般滯留許久無進展？

好友在敦南誠品地下室辦一個關於臺灣第一個二十四小時書店的記憶展，因為它已在二〇二〇年五月三十一日正式熄燈，而唯有不被忘記，才能證明它真正存在過。

我與敦南誠品有過一陣子的交集，就是發生在誠品小學堂。當時每星期三我會在下午一點半到地下室兒童館旁的小教室為孩子們說故事。說故事姐姐都要為自己取一個「花名」，以便小朋友好記，而我戴著米老鼠的大耳朵，就被稱呼為「米琪姐姐」。米琪姐姐說故事會帶著表演與互動，提問為什麼時，等待著小朋友的回答，沒有標準答案的我，聽著他們天馬行空後一旁長輩不自主的糾正，心中也是一凜，或許正確答案也必須經過自行探索，再沉澱在心中成為知識吧！但，我只能露出尷尬又不失禮貌的微笑說：「都有可能。」

即使如此，我仍然期待星期三下午的到來。這裡是大人可以安放小孩的好地方，大人可以得到喘息的服務。從剛開始的少數爺奶留守，慢慢出現了大量的爺奶擁擠現場，似乎我們在小學堂裡一起乘著嘻笑聲的翅膀，飛回童年。有了翅膀就可以更不按故事書本好好讀它嘍！帶著過期的報紙一疊及膠帶便往小學堂出發。

這天說一個「可以吵架嗎?可以因吵架而團結嗎？」的故事。小朋友分成兩隊，貼上撕成條狀的報紙在手臂當成羽翼。貼好之後，小朋友舉起雙臂振翅奔跑，讓報紙條飄揚在空中，跑得愈快，降落愈慢。孩子們享受著奔跑加尖叫，小學堂成了大音炸空間，逼得我必須拿出殺手鐧獅吼功喊著：

「停——。」小朋友瞬間像冰封一般停下來，睜大眼睛一臉「發生什麼事？」的滿滿問號。因為平時的米琪姐姐不會獅子吼，總是溫暖微笑堆滿臉的面對這群小屁孩，欣賞著他們的天馬行空與純真。但這次孩子們太過興奮，才逼得米琪姐姐一展獅吼！

兩小隊小朋友分組完成。第一遍A組飛翔結束，再換B組飛翔，單組飛翔都很和平、姿態萬千，但A、B組同時飛翔時就互不相讓，互撞不讓路。接著，我再下一個指令：「拔下對方的羽毛，拔最多的勝利。」孩子們更興奮，因為遊戲升級了，充滿鬥志的兩隊互相團結對外，也保護自己的隊友們。

玩遊戲不只是玩遊戲而已，最後的討論及發現才是重點。我們圍圈圈坐在地上，首先看看自己身上還剩多少報紙羽毛？感覺是什麼？孩子們七嘴八舌的說著「好醜喔」、「他怎麼拔斷了羽毛？」、「好好玩」、「不喜歡」、「好害怕」、「我們這組贏了」等等。每個孩子都有屬於自己對這個有衝突性質的遊戲或故事的感覺，而「感覺」為何，才是這個遊戲的核心。

我們也玩過火車快飛、穿越時空進入宇宙星系的故事遊戲。瘋狂如我的中年米琪姐姐，從玩遊戲說故事，重回那個快被自己遺忘的腦內童年。

●●●

戰後嬰兒潮最後一批的我，離準備進入臺灣經濟起飛後帶來的自由開放尚有許多年，當時壓抑保守、安全為上的氛圍仍重，我只能經常望著天空發呆，回家的路總愛尋找沒走過的小徑，為自己發現一些小驚喜。不然就是回家躺在地板上看著眷村老屋頂或磚瓦牆上的洞，想像它是一張又一張隱藏的各式人臉、動物臉或外星不明物體的臉。這是屬於自己穿越回童年狂想的密碼，也是保持簡單、純真、傻氣的面膜保養；而星期三下午，我同時平行於另一個宇宙——臺大醫院兒童癌症病房。

有機會在朋友邀請下，為病房的孩子們講故事，也是在星期三下午。出發前，心中忐忑不安，雖然我沒有孩子，但愛孩子的心一直滿滿的。

病房的裝潢明亮又童趣，孩子們坐著等待我們，陪伴他們玩耍了一下午，氣氛輕鬆有趣，我也放下了心中大石頭。

出發前自以為會看到的畫面，是憂傷的臉包裹在白色層疊的紗布中，點滴架上的水珠細數著生命的倒數刻度，但是，現場有點滴架卻像是孩子的權杖，他才是他此刻生命的國王。這種態度完全掃除了我偽裝的恐懼，鼓勵著自己不要同情，要如常說故事，不用有分別心。

這一些感受都是在離開後才有勇氣慢慢梳理清楚。隔週三，我帶著整理好的思緒前往醫院說故事，孩子們的人數有些變動，心中雖然疑惑，但故事依然說著，現場氣氛仍然活潑，笑聲四溢。結束後，我帶著不解的表情向社工詢問這週沒出現的孩子怎麼了？她說有一位出院了。我放下懸著的心；而另一位則進入新的治療，所以沒有辦法來聽故事，他還特別表達很想來聽。此時，我的眼眶溼潤著說：「幫我謝謝他。」當下有種想說等著他來聽故事的衝動，但終究沒能說出口，因為孩子們的狀況太不確定。醫院是不宜說再見的地方，可是我很渴望在兒癌病房大聲說「下次見」。

有些孩子平安出院，有些孩子則否。我的心是無法承擔這種分離，就淡出了那個場域的說故事。現在的我問著自己：最無法承受的生命之離別是父母離世，還是每一個道別？抑或是每一次再見後的不再見呢？二〇二三年我參加了太多朋友的告別喪禮，有七十歲左右的，也有四十歲出頭的，這個區塊年齡段都難以承受，更何況年紀更小的孩子。

想著想著心魂也飄向遠方天際。想到自己過世未曾謀面的哥哥，在讀書時想為他寫一個「粉紅色十字架」的故事，好讓自己記得曾有一位哥哥：

在一個天主教的墓園角落，有著一個個小小的墓碑，上面的十字架布滿了年歲的青苔，毛絨絨的綠中發著光。在陽光穿過的瞬間，每一個墓碑上都有著一個名字、在地球上來與離開的日期。

父親說，好久沒有來打掃，因為不願意再想起，甚至都快忘了「他」的位置。看著父親佝僂背影，為哥哥的小小墓碑輕輕擦拭，每一個動作緩如時空停滯放慢的影片般，溫柔的撫過那塵封心底的傷口。

父親一句話也沒說，安靜的獨自坐著，我則走近看著鄰近的小墓碑，心想：這些也好久沒有打掃了，他們的父母肯定也想忘記曾經有過的孩子，但，是不是如同父親那般不可能遺忘？

父親又說：「你媽從來沒來過，也不記得葬在哪裡，這樣她才能活下去，才會有你。」父親的聲音從我背後傳來，而我的眼睛盯著那斑駁且模糊的十字架，心想：下次來要帶漆，將十字架重新上色。什麼顏色好呢？

幼年的臉龐總是泛著熱情好動的粉紅色，是自然的胭紅、氣血充足的健康色，哥哥的粉紅色我沒看過，但我可以幫他上色。

這個故事發想在我讀藝術學院二年級時的編劇課，放在我的大腦抽屜裡數十年沒再想起，而這個遺忘，似乎也像父親一樣，必須在遺忘許久之後，在某一個瞬間突然想起，哥哥此時被復活了。

電影《可可夜總會》中說：「真正的死亡是被親人們遺忘。」老哥，我沒有忘記你。而今的「粉紅色十字架」會是一段奇幻的父子隔空對話，並附身在女兒身上，告訴父親放自己一馬吧！別再用思念糾纏著靈魂，因為思念的溫度太燙，燙的空氣都被真空了，泛起了青煙，而每一次憶起，靈魂都被熱鐵般的高溫澆灌一次，因為愛，靈魂都選擇留下領受這滾燙的重生。父子必須好好道別，放手的愛，也是放自己一馬，不再受自責、罪惡與遺憾的走完自己人生最後一哩路。

好在，真實世界的父親已經與早逝的哥哥在彼岸見面，也放下了彼此因糾纏被思念綑綁的靈魂，自由飛翔去了。

而我仍然憶起父親與母親，是否可以不再憶起？

即使自己不主動想起，也會有人提及他們，而被逼著揭開那生命中不能憶起之「親」。我喜歡用戲劇陪伴青少年長大，有好長一段時間在基金會所辦理的安置單位活動中與他們相遇。曾經演出《羅密歐與茱麗葉》的羅密歐，是個帥小伙，有著被家暴的人生，他被阿公帶大，安置單位為了保護他就選擇少與原生家庭見面，減少衝突及創傷。

演出當天，大夥都開心準備演出，怎知羅密歐被社工單獨帶到房間談話。我們被告知羅密歐的阿公過世，他必須去見阿公最後一面。演出在即，身為老師的我必須立刻想到解決方案，好讓羅密歐安心去看阿公。我說：「你不用擔心，你的戲可以請助教幫忙完成。」我看出他眼中的猶豫，再說：「如果你想演完再去，我們就堅持一下，由你決定。」

戲，順利的演完了，羅密歐堅持完成了角色，與茱麗葉談了一場好美的樓臺會，也帥氣的完成擊劍。

很多年後，與基金會的朋友談及這件事，眼眶都熱熱的，並且得知十八歲就必須離開安置單位的他，考上街頭藝人的證照，並在機車行當學徒修理機車。有工作又有藝術陪伴，真好。

每每思念起這些孩子，就不由得嘴角上揚，他們真棒。而每一次的聚會，基金會的朋友都會更新孩子們的近況，雖然他們都近十八歲，對我而言，仍然是孩子。

而最近一次聚會中，基金會中的朋友提到：「老師，你還記得演羅密歐的學員嗎？」

「記得呀！他真棒，好感謝他的勇敢與堅持，他還有在街頭表演嗎？工作順利嗎？」

朋友微皺緊眉頭說：「他出車禍，走了！」

走了？

思念從此找上我。我是學習著思念而不傷心，多想想他的努力，他為自己的生命堅持不被原生家庭限制，生命會發光是來自於曾在黑暗中蹲過。當他奮力站起而非躺平，就會看見太陽，被照得全身暖洋洋的。

朋友的展覽仍持續著，各種形式，有讀本的、視覺的、戲劇的、聽覺的，好厲害，每一種形式的展覽都是對自己心魂的深植，必須找到縫隙鑽進去，然後在每一根敏感的神經上通上電流，讓它舞動著，直到這根神經不再敏感，直到衰弱，然後再換一根。有些人根本就長在敏感神經上，一出生就必須一直舞動著，沒有別條路徑可以跳脫，也沒有不扭動身軀的權利，直至「走」了方休！沒有縫隙需要鑽進去，因為他一直在夾縫中喘息著。

羅密歐呀羅密歐，你的人生就是一場大型展覽，你就是那展品，血淋淋、活生生的真人秀呀！

入秋的時節，總是好發「思念」，更察覺自己是幸運的，可以站在你們創造的裂縫傷口上想念著。憶起並欣賞著你們為生命所做的布展，自己明白，即使全身心進入那展場，也永遠是個旁觀者，無法領略全部的風景。

青春失速記

死神的凝視

特別喜歡二．〇的YouBike，黃白車身，方便被看見的顏色令人安心又愉悅。特別在春、秋、冬這三季，太陽不太熱烈的照耀著，春風冰涼、秋風颯爽、冬風清醒，各有滋味，唯獨夏風暖和，必須使勁騎才能吹散汗汁體液，一旦停頓片刻就熱氣蒸騰，另一種舒暢。

單車是我唯一會的交通工具。而十九歲就一個人坐上自家車駕駛座將車開出去練習，教練未上車，只在車尾比手畫腳的叫喊著，似乎一直說：「小心、小心、小心。」繞了幾圈，回到鐵青著臉的教練身邊。「下車！」氣得他久久不肯與我說話。

十幾歲的女生真的不太溫柔呀！體驗過那一次自己駕駛的衝動後，再也沒有衝動握住方向盤。「速度感」對我來說太刺激，也令我害怕，所有景物因速度開始模糊，車窗大開透進大桶大桶的風吹得衣服噗噗作響，速度愈快，世界反而靜止了，似乎進入一個F1賽道的電玩遊戲中，一切都變成虛擬的光影投射，好不真實。我想起媽媽車禍時的那個駕駛，是不是也體驗著這份快感而衝動了？

國小四年級，一個放學的下午，黃昏的村子透著一種不安的灰。

走在平日回家的道路，安靜的巷弄走道，不時傳來一陣人聲細碎的交談聲，詭異中帶著不安，張望著附近鄰居大人們如熱鍋上的螞蟻般，推著剛下課的小孩進屋。

「小娟，你媽在醫院。」忽然從另一頭巷子傳來呼喊聲，是鄰居伯伯，廣東人，口音濃重，因為他今天要值班，所以沒有去參與阿豆阿姨先生的火化葬禮。

阿豆阿姨是金門美女，高又白，在村中人人稱羨她是被先生疼愛的女人，酒量超好，家中常常門庭若市般的熱鬧，她的第一個兒子與老弟同年。還有另一位盧阿姨也在五八年生了兒子，當時老夫少妻在村子裡是普遍的婚姻結構，而在大陸就已結過婚的夫妻如我父母般又能共老的，是幸運的。

阿豆阿姨在三十多歲，先生就因病離世，孤兒寡母的生活突然降臨，她慌亂的不知道如何處理先生的後事，家中還有年紀尚小的一女一兒。此時全村都成了她的家人，張羅著喪禮種種事宜，讓阿姨可以安心的悲傷不被打擾。小孩的吃飯、洗澡、睡覺，也都由鄰居們或也嫁入村子當醫生娘的姊姊照顧。因為一件喪事將家人的網路給擴張開了，每個鄰人都想用自己的方式安慰著失怙的孩子及他們的母親。

軍車的安排就是在這種狀況下出現的。一群沒有血緣的家人們，坐著當日休息的軍卡車，出發前往火葬場。回家途中，經過縱貫線龜山路段，翻下了山谷，當下四死其餘重傷。軍卡車有著綠色的篷頂，釘著兩排木板椅子靠在車邊，方便坐及收合後置物，沒有安全帶，更不是一人一張座位。桃園與臺北間的縱貫線蜿蜒曲折，剛開發不久，彷彿搖搖車將後座的大人們晃到暈眩，突然一個大甩尾，為閃避對面疾駛衝來的客運車，怎知重心不穩翻落山谷。有人被甩出車外，有人直接頭撞岩山碎裂，有人腰部以下全無知覺，也有人斷手骨折，哀嚎一片。

小四的我被鄰居長輩帶去看媽媽，這是第一次感受到媽媽會死，也是第一次覺得自己瞬間變老了。媽媽與鄰居們說說笑笑，將每個恐怖畫面都說成喜劇故事，「斷腰」是指腰部以下沒感覺，「門前清」是大門牙撞斷，「二條龍」是指這次翻車事件。他們滿口麻將經，是解悶不煩惱的最佳良方。

我也是那時開始學著煮飯給弟弟吃。下午三點多就放學了，姊姊們在學校，弟弟在幼稚園，爸爸在上班，媽媽則在醫院治療。我一個人也不想在村子的巷弄冒險了，只想快快回到家中，看看媽媽會不會突然出現在家裡準備晚餐。

默默的開門，屋內安靜的只有空空的回音。「媽媽還沒回來……」我小聲的說，肚子發出咕咕咕的叫聲。找了找櫥櫃裡有什麼可以吃，又翻了電鍋，有一個早上熱著保溫的花捲，皮已經有點乾了。拿出花捲將插頭拔起，握在手心暖暖的，像媽媽依然在家為我準備好點心一般。我學著用電爐煎蛋、炒青菜，用電鍋煮飯。這是被迫長大的過程，忘不了。

媽媽住院一陣子終於回家了，家又恢復了有飯、有點心、有燈光、有菜香的日子。「死亡」沒有跟著媽媽回家，但也沒離遠，在附近徘徊著等待下一個可能失速且讓人驚嚇的瞬間。

村子裡的媽媽們生孩子的時間都很接近，所以小時候的玩伴年齡均相仿，上中學以前都會是同校同學。弟弟雖然是媽媽四十六歲生的獨子，但在家中都是姊姊的狀況下，他會學著去找自己的玩伴。

弟弟充滿活力，也愛四處冒險，但他是全村都認識的小孩，想做壞事也得用冒險的心態才能執行。有一次，一個快下班的黃昏，媽媽正在準備晚餐，遠方傳來一陣陣叫聲：「老王、老王，阿賢被車撞了，全身是血。」

媽媽與我從家中衝出來，只見巷底毛叔叔抱著全身是血的弟弟，媽媽很冷靜的找人叫計程車，正好鄰居開著計程車回來。媽媽推開呆立在紗門前的我，進屋拿錢包，又推開我出門上計程車。弟弟被抱上車，一聲「碰」之後，車子疾駛而去。

呆立在紗門的我不敢進到屋內，很害怕弟弟會死掉，那時，我又一次變老了。後來大姊回來報平安說弟弟沒事，我才可以安心吃著鄰居媽媽幫我準備的晚餐。

弟弟回家後，才知道他是被單車撞到開了一隻眼睛的雙眼皮，差點戳瞎眼球，另一個大傷口是小腿前的脛骨皮被單車護輪胎的弧型鐵片切開一大塊肉。不能行動自如令他煩躁不安，媽媽則安撫他，給他煮好吃的排骨湯，而我也順便得到一碗補湯。弟弟可以正常行動後，我也長高了三公分。

國中時期，因為學區的關係必須騎單車上學，以免太早出門。爸爸帶我到單車行選一臺全新的單車，祝我國中求學一路順遂。我選了黃色的，是像現在 YouBike 二．〇那樣的黃。

媽媽的車禍事件，讓我對速度特別有感覺，覺得自己已經是老人了，不喜愛坐前座，感覺離前一輛車太近，或旁邊的車子太貼，都會讓我瞬間拉回「失去母親」那個小四的自己。「死亡」的幽魂會閃現，讓我變得更加注意交通安全，而不開車是保平安的下下策嗎？不確定，但年紀漸長也不能開車是肯定的，每一位長者到最後都會是乘客。很好，有沒有學習開車都會是一樣的結果——不用開車。

人生不能太早下判斷。

當演員的身份會開車是一種技能，也會被勸說方向盤握在手中，很有操控感，並且半夜想出門就可以上車，踩緊油門到山上、去海邊。車子是自己擁有的獨立空間，專屬於個人的世界。

至於學騎摩托車，我也是二十歲時在男性友人的教導下，放下對它的渴望。

在某一個夏日夜晚，我突發奇想的看著偉士牌打檔手把，有股想駕馭它的衝動。

「我可以騎它嗎？」我問男性友人。他看看我，然後從車上下來，讓我坐在前座。說時遲那時快，在他下車後，我立刻抓緊把手進檔，車子就衝了出去，並且上了牆，嚇壞了在場的男士們。

我立刻被喝斥下車，說太危險不准再騎。被嚇得一身汗的我，無法言語許久。剛剛的速度失控又迷人，有種放飛的自由，但夾雜著「死亡」的危險氣味。身為演員的我，又少了一個技能。

二〇二一年我去參加兒童文學博士班推甄，想在老年與書為伍。當時每週飛臺東，讀書、報告、寫小論文，同步在排練舞臺劇。我喜歡與同學們在課堂和教授討論，使自己的面目不那麼模糊。承認自己的有限此時在腦中不時出現碎念，終於堅持的火直接將腦袋升溫至急症了。

放棄，更需要說服自己的勇氣，並且承認高估了自己的能力、體力及腦力。放下了證明自己是重要存在的心理需求，才鬆了一口氣，明白了讀書本是自己的需求，也就放了自己一馬。

另一次則是去紐西蘭旅遊必點行程：高空彈跳。報名登記參與此一行程的我當時三十二歲，興奮的排著隊，等待那一躍而下、失速魂離體的感覺。隊伍不斷向前，心跳也越發加速到不太舒服、臉脹紅的程度。一個一個上場，一個一個往下跳，一個一個尖叫，很是嚇人。近三十年前，高空彈跳是勇敢、時髦、證明青春無所畏懼的印章。但我轉頭離開了。

「下一個就是你了」、「不要放棄」、「好可惜」、「你會後悔的」、「錢都繳了，不能退」、「你膽好小喔」……，這些碎語在我背後不斷的叮噹響，像是車子排氣管被改裝後的吵雜聲。

我也真的耳朵很硬，狠狠的活到現在。不會真的沒關係，不用擔心。人生有許多錯過，錯過一個愛人的可能，錯過一輛喜歡的重機，錯過見父母最後一面，錯過南極的企鵝，錯過挪威的峽灣，錯過紐西蘭高空彈跳，錯過東京迪士尼樂園……，不堅持學習不用自責，轉頭離開臨門一腳的高空彈跳又何妨！

但騎單車是我可以接受的速度，低速也不會遭其他車種白眼，只有行人會唾棄在騎樓鑽營的單車。保持低速並且不打擾行人，是我給自己騎車的準則。

或許自己很早就老了。看著死神曾數次用「速度」教育著我，那時候就老得看得明白任何事情無需爭第一名，強出頭的釘子挨搥，我有老二的生存哲學，當他人往前衝，我則放慢欣賞沿路風景。生活中充滿工作的朋友焦慮沒時間睡眠，我則上山種菜去。哪裡人多太擁擠，我就自動調節步伐速度，往人少的地方轉彎。

這是不是就是老了？怕吵、怕鬧、不愛快節奏，獨自一人看書，下午茶在咖啡時光中靜心呆著；天黑前就回家窩著，沒事泡泡澡、天光乍亮醒來感謝還活著。這些生活節奏是我在二十多歲就喜愛的模式，沒有在最熱血青春的年紀熬夜，早早在晚上十點左右上床等待與周公相遇。不怕被夥伴嘲笑是老人，不擔心沒夜間朋友。

那時的我已被結凍在老派生活中，而今真的到了現實中的老年，我似乎如失速的青春，停在緩慢逆向生命的奇幻旅程。不怕大家唯恐的老之將至，反正很早就老了，也就不怕失速。

幸福藥引子

自造商

小時候，鄰居家養過火雞、大鵝、鴨子，不是一隻，是一群，不是寵物，是家禽，是經濟貢獻者。

在物質匱乏的年代，世界不完美，充滿了各式各樣的裂縫破洞，大人們想盡辦法在殘破漏洞的世界中生存下去，而孩子們呢？在安靜的巷弄裡穿梭著，火雞追著火雞，鴨鴨追著簡樸，大鵝啄著黑皮的蛋蛋，痛得黑皮哇哇叫。

火雞、簡樸、黑皮都是名字或外號。「宏熙、宏熙——」加上鄉音這樣一叫，就成了「火雞」。簡樸的爸爸是廣西人，娶了一位龍潭客家媽媽，生了三個孩子，領養過一位大姐阿春。阿春很像藥引，當時生不出孩子的人家會領養一個女孩，通常是從生很多女孩的家中分來的，當作第一個孩子，期望接下來可以自然懷孕，生出自己的血脈。

我家也有一位——王美惠，抱來的大姊是在父母落地基隆港渡過大黑水溝後，移居宜蘭尚未生孩子時來到家中。她原本的家中也是生了許多女孩，因為歪頭加上一直拉肚子被分了出來，媽媽仍然好好的照顧她，也入了家裡的戶籍，成為家中的長女。媽媽後來真的懷孕了，而這位長女王美惠似乎知道自己完成「藥引」任務，就生病離世了。

而簡樸家那位阿春姐姐則是早早嫁人，當時才國小年紀，催熟後才能完成「藥引」的任務。當年的女性活得太像肥料，永遠在服務他人，總是犧牲自己完成別人。

我媽媽後來生了六位孩子，但哥哥生腎病在國小過世。簡伯伯家則生了三位，廣西口音濃重的他，每次見面相遇打招呼，即使我完全聽不懂，仍然要面帶微笑，點頭說聲「簡伯伯好」，接著聽到簡伯伯一段聲音輸出「╳╳○○○……」，我嗯嗯嗯後，看著簡伯伯離去的背影說聲「簡伯伯再見」。

其實剛剛他說什麼，我完全聽不懂。但又何妨，溝通的底層是善意，這樣就足夠了，其他的肢體、眼神、聲音、語調也可以明白他剛剛說的大致內容是問我從哪裡回來、媽媽在不在家、吃過了沒有，或是你媽媽在我家打牌之類的。並不一定要口齒清晰、字正腔圓的表達才是最佳狀態。帶著一些腔調，似乎也帶著自己的成長歷程、文化學習及特色呀！臺灣國語很好聽，外省腔、宜蘭腔、鹿港腔、海口腔、山東腔、四川麻辣味的鏗鏘，多麼豐富的語音表達世界呀！

媽媽那時還養過豬、雞等有創造財富收入的家禽家畜，在當時均貧的年代，體驗的價值大於交換價值。在家禽家畜尚未成為市場交易商品前，我們小孩們就在完整體驗了養牠們的價值：有好玩的童年玩伴、有被追逐的記憶、為牠取名字的樂趣及時令節日要被宰殺的哭鬧然後遺忘……等等，與商業模式、金錢無關。

火雞是我的小時候玩伴，性格聰明又熱情。他考上臺北工專（五專）後就離家讀書，並且與他的同學合開公司，做類似廢汙水回收之類的，在環保意識尚未普遍就在社會上先行，真有遠見，但是廢汙水的處理需要大量資金才能進入市場成為企業。他在每一次見面時提及公司營運狀況，總是滿口理想只欠資金，而且一次又瘦乾一次，白髮也增多了。最後聽到他的消息是公司欠債躲到東部避難，因為他變成勞力的一方，單有技術及理想是無法在市場上存活下來的呀！

我與火雞同年生，他聰明我緩慢；他創業我讀書；他社會人士我不識人間疾苦；他賺錢拚搏我一人工作室留在劇場。每每想起以前國小到國一時，到晚餐後，大人們聚在大路口乘涼閒話家常，小孩子們則聚眾玩殺刀、過五關、踢桶缸，聲音布滿整個村子，夜空繁星點點。直到一次，女孩們出現等待男孩兒們，沒有出現。一個晚上、兩個晚上、三個晚上，連男孩兒們的妹妹都受不了，問了後才知道他們覺得女孩們太幼稚，跟不上他們長大的腳步。原來，我還活在童年的世界，不願長大，而他們早已飛奔到教堂聽福音看美女了。

當時村子外搬來了許多復興鄉山上下來的原住民美眉們，男孩們聽聞她們的足跡落在教堂聽講道，放下原本佛教、道教、基督教的信仰，全部都成為牧道者，都是潛在的天主教徒。或許愛情與神聖教堂放在一起，就如同香蕉與巧克力放在一起如此對味兒！那時的女孩們不懂，不明白青春賀爾蒙湧動的創造力是足以支持人類打開思維上的限制；他們也不假思索家中祭祀的那一尊答不答應。愛，才是偉大的吧！

簡樸是廣西腔簡伯伯的兒子，他最熱情參與聽講道，在國中時期交了一些求學不順的朋友，染上了吸食強力膠的惡習，整日昏昏沉沉的，後來陸續聽到他的消息，是國中畢業後去讀了夜補校，白天上班。但也沒有讀完就出事坐牢了。很久很久以後再聽到他的消息就是他死了！

可愛傻氣、簡單樸質的他，很容易相信他人，而無法在市場活下來的他，是不是只能藉由吸過後才能覺得是活著的？在嗑嗨的某個瞬間會不會出現我們童年的面容？那個一起開心耍笨卻沒有人看不起誰的溫柔時光，家庭誰有錢、誰又貧窮，完全不會出現在這個世界。曾幾何時，世界變了，他不懂了，也來不及轉變及適應，他是不是仍然停留在體驗價值的宇宙中？

想到這裡，我是羨慕簡樸的，他將自己封印在他最喜愛的時光中，而我還繼續呼吸著。

戈利哥與戈利妹是一對兄妹。哥哥個性剛烈、不服就幹的衝動曾經拿著菜刀追著我奔馳了好幾條巷子，直到我躲回家中。我們彼此都不記得為何動干戈，只記得是為了心中的受傷而動了殺機念頭！

他高中考上公立高中，也就沒有與大夥一起多說話或相聚，功課壓力大加上家中父母期待高，就各自努力，他後來順利考上公立大學，也進入科技工廠當主管，最後是廠長退休，活得相當滋潤。

而戈利妹，她小時候一直有尿床的困擾，但為何大家都知道呢？戈媽媽是我們國小的煮飯阿姨，嗓門大又愛四處在外面罵孩子，每次只要她在水井邊清洗床單，便可以聽見她在罵幫忙壓水的女兒，一點臉面都不留給她。只見戈利妹低著頭、含淚使勁的將羞愧交雜著憤怒，放在壓水井的把手上，一陣陣力量快將井蓋給搬起來了，因摩擦激起的石灰落到剛洗乾淨的床單上，又引來戈媽媽一陣怒罵。

至於黑皮，是隔壁鄰居羅媽媽的小兒子，最愛湖南口味的菜，無辣不歡，魚加辣、肉加辣、青菜也加辣，連湯也不放過。我媽媽也愛在菜餚中放些辣椒提味兒，但考慮到我們尚未適應，只讓辣椒當成點綴裝飾品。但羅媽媽的餐桌，辣椒永遠是主角，其他都是需要翻找才能發現的配角。

黑皮的膚色很黑，個性很皮，與他那高白瘦、個性沉穩的哥哥相反。因為羅媽媽是聯勤總部的雇員，上班的地方在龍潭員樹林，而總部雇員中有許多臺北人，在那資訊不發達的七、八〇年代，許多最新的學習或投資理財的資訊，都是從臺北發酵、擴散，當資訊漣漪蕩到鄉下時，可能早已平淡無波了。

羅媽媽當時就是小漣漪的資訊源頭，而黑皮的哥哥、姊姊也是最早離開我們鄉下國中去臺北讀書的兒時玩伴。媽媽的投資概念來源，也是聽羅媽媽給的意見，在那個現金為王、儲蓄為上的年代，媽媽也將錢錢複利滾存成父親的養老金，並沒有麻煩到子女們。

小群是黑皮的姊姊，與我年紀相仿，但個性完全相反。她嬌我颯；她柔軟我硬氣；她耐心我欠堅持；她成為社工人員，而我從事劇場藝術工作者。雖然都住臺北，但鮮少聯絡。為何？或許真的交集不夠吧！

黑皮及他哥哥投入工作後也成為平順人生的一員，或許，成長後深感「平安就是福」，與青春時期勇敢作夢的那個自己，彷彿是斷裂式的人生。成長後，總會開始看見階級、看見不公平、看見金錢遊戲，也看見垂垂老矣的心。

可以再年輕一把嗎？現在？

我童年玩伴們，腦中的你們，依然那個模樣呀！

●●●

二〇二三年很有意思，在經過疫情這三年的沉澱，釐清了人生的輕重緩急後，就如同回到小時候，沒有什麼事情非做不可，也沒有什麼目標一定要達成。捨棄了一些不想要的表演邀約，離開了一些負面能量的朋友，戒斷網購和看不重要影片浪費時間的癮，迎來了自己熱愛的工作——主持，這工作也是一項新挑戰。

沒想過實境節目近年會這麼流行，而與小時候生活有關的企劃更加難尋，加上「當人清理過往就會迎來新的可能」，更是真實不虛的發生在我生活中。

三重的空軍一村是《辣味滿屋．絕代雙椒》節目的主場景，企圖回到早期眷村的人情味與生活。於是有養雞、養狗，有種菜。

早晨可以聽見雞鳴，陽光從未拉攏的紗簾縫隙穿透進來。躺在床上，清晨的風吹動著樹梢搖曳著。菜園的菜葉被陽光包裹成閃閃發光的金蘋果似的，讓人捨不得移開目光。當水澆溉其上，水珠更像是一顆顆珍珠坐落在高級展場般賞心悅目。

姊姊曾說，媽媽以前也種過菜，清晨去菜園澆水後，總會採摘一些蔬菜回家。以前不懂為何家中在某個季節特別多某種蔬菜，例如茄子、絲瓜、空心菜，有時是地瓜葉及地瓜，直到最近自己也租個小菜園後，才明白小時候為何有一陣總是吃茄子，或是媽媽會用葫蘆瓜包餃子或包子（真的不好吃），或有時辣椒多到可以是一道專屬辣椒本身的菜餚。因為季節蔬菜就是會一直長、一直長，不停的長很多。

舞臺表演是我的專屬「藥引子」吧！

藥引是「引藥歸經」的俗稱，也是指某些藥物的嚮導，為藥指路去治療病變的部位。每個人都有專屬於自己的藥引子。

抱一個孩子是為了引來真正屬於自己的孩子，就像媽媽抱了王美惠，簡媽媽抱了阿春。上班族來杯熱美式，可以讓沉睡的細胞醒來工作；每日晚間睡前來一杯或呼吸靜坐，可以引周公入夢。

而我的藥引呢？是想念我眷村兄弟姊妹們？還是種菜？抑或是為家人來一趟又一趟的尋根之旅？也可能是搞一次全家福拍照，趁大家還擁有健康和顏值的現在？還是年三十晚上的大團圓年夜飯？又或者是放大家自由，自己獨自去旅行？

以上藥引的使用時間、方式及劑量，端看需要使用的時期與需要哪一款再決定吧！

我承認我需要這些藥引子的幫助，可以讓接下來的日子好好的呼吸，鬆鬆的、清清的、美美的、樂樂的。

因為鬆，就可以包容世界因交換價值而造成的疏離。

因為清，就可以看明白真正的平等是來自願意慈柔。

因為美，是真與善的最高境界。

因為樂，是人生平靜的前奏曲。

早已過了中年危機的年紀，而今的自己要為接下來的每一天準備好，享受每一個相遇的當下。將一天天對自己覺察到的影響及變化，用心記下來，再一一找尋足以對應的幸福藥引子。

雖有逆境，但盡頭就有光。

光，是逆境的藥引子。

國家圖書館出版品預行編目（CIP）資料

逆光：我的家庭劇碼，成就我的人生藍圖／
王珻著. -- 初版. -- 臺北市：遠流出版事業
股份有限公司, 2024.07
面；　公分
ISBN 978-626-361-747-6（平裝）

863.55　　113007824

逆光

我的家庭劇碼，成就我的人生藍圖

作者／王珻
繪圖／王珻

主編／林孜懃
美術設計／謝佳穎
內頁排版／中原造像 葉欣玫
行銷企劃／鍾曼靈
出版一部總編輯暨總監／王明雪

發行人／王榮文
出版發行／遠流出版事業股份有限公司
地址／104005臺北市中山北路一段11號13樓
電話／（02）2571-0297　傳真／（02）2571-0197　郵撥／0189456-1
著作權顧問／蕭雄淋律師
□2024年7月1日　初版一刷

定價／新臺幣380元（缺頁或破損的書・請寄回更換）

ISBN 978-626-361-747-6
遠流博識網 http://www.ylib.com　E-mail: ylib@ylib.com